# ノックス・マシン

法月綸太郎

角川文庫
19452

# 目次

# ノックス・マシン

No Chinaman must figure in the story.
── Ronald A. Knox

1

上海《シャンハイ》大学パラ人文学部のユアン・チンルウが、国家科学技術局からの召喚メールを受け取ったのは、二〇五八年四月のことである。

召喚メールには、二日後に首都北京《ペキン》の科技局オフィスに出頭し、リウ・フーチェン長官と面会すべしと記されていた。大学のデータベースに登録されたユアンの博士論文についていくつか確認したいことがあるという。移動の便を図るため、国内の交通機関を自由に使えるパスカードの暗証入力コードが添付されていた。

畑ちがいの科技局のトップが、なぜ自分のような無名の文学研究者に会いたがるのだろう？ 何かのまちがいではないかと、ユアンは首をかしげた。

ユアン・チンルウは二十七歳のオーバードクターで、専攻は数理文学解析。二十世紀のアングロサクソン探偵小説に関する論文を提出して、文学博士号を取得したばかりだったが、研究者としての将来は明るくなかった。彼の研究テーマは、ただでさえ先細りがちなパラ人文系学問の中でも、輪をかけてマイナーな分野に属するもので、アカデミックなポストに就ける見込みは著しく低かったからだ。

数理文学解析は、もともと詩や小説作品に用いられる単語や成句の頻度分析から始まった学問である。計算機テクノロジーの飛躍的な進歩にともなって、研究の対象は語句のレベルから文章のクラスタ、さらに作品構造の解析にまで引き上げられ、作家固有の文体を統計学の手法によって記述することが可能になった。そうした動きと並行して、アメリカ西海岸のサイバネティック文学の遺産相続人たちは、人間の手を借りない、完全に自動化された物語創作の夢を追い求め、着々と成果を挙げていった。

「オートポエティクス」と名づけられたコンピュータ文学制作の試みは、二〇一〇年代後半に至って、ようやく商業的な軌道に乗り始める。二〇二〇年代には、ハリウッドのシナリオライターがほとんど職を失い、ベストセラーリストの大半がプログラム・エージェントを介した作品で占められるようになった。ゴーストライターという職業が、文字通り「機械の中の幽霊《ゴースト・イン・ザ・マシーン》」に取って代わられたということだ。シェイクスピアやドストエフスキーの「新作」が次々と出版され、権威ある評論家たちが口をへの字に曲げながら、その質の高さを認めざるをえなくなったのも、この時期のことである。

人間中心主義を標榜《ひょうぼう》する作家たちは自らの存亡をかけて、文学のオートメーション化の流れに抵抗したけれど、二〇三八年、クンマーとヒューマヤンが最初の物語生成方程式を発表すると、人間の脳と手によって産み出される文学は、質的にもコスト的にも、「オートポエティクス」の敵ではなくなってしまう。クンマーとヒューマヤンは、ハイペースで彼らの方程式を拡張し、二〇四七年、ついにノーベル文学賞の栄冠に輝いた。

そうした時代の追い風を受けて、二〇四〇年代、数理文学解析という学問がめざましい発展を遂げたことはいうまでもない。一時はパラ人文系学問の中でも、もっとも論文発表数の多い分野として脚光を浴び、研究者を志す学生が引きもきらなかったが、栄枯盛衰は世の習い。マニュアル化された論文の発表競争が激しくなった分、研究対象となるリソースが消費されるスピードも加速度的に上昇した。

その結果、二〇五〇年代の前半までに、過去の文学史の遺産は有名無名、あらゆる時代と言語を問わず、ことごとく食いつぶされていた。ゴールドラッシュに乗り遅れた若い研究者の前には、絶滅した少数言語で書かれた誰も知らない作品か、ごく一部の古臭いジャンル小説ぐらいしか残されていないという、見るも無残な状況になっていたのだ。

ユアン・チンルウも、そうした乗り遅れ組のひとりだった。

ユアンの専攻は二十世紀の探偵小説、とりわけアガサ・クリスティやエラリー・クイーンといった作家の手になる古典的なパズラーである。第一次世界大戦と第二次世界大戦の戦間期、主にイギリスとアメリカで流行したゲーム小説で、その多くが謎めいた殺人事件を扱い、名探偵の鮮やかな推理によって、一癖も二癖もある容疑者たちの中から意外な犯人が指摘される。読者との知恵比べに勝つため、作家たちは次から次へと奇抜な謎を考案し、密室やアリバイの不可能トリック、さまざまな犯人隠蔽《いんぺい》テクニックを編み出した。

読者との知的ゲームに特化しすぎたため、古典的なパズラーは一度すたれたが、一九九〇年代の日本で、華々しく復活する。それからさらに六十年のインターバルを経て、二〇五〇年代の中国・インドで、三度目の探偵小説ブームが巻き起こった。ユアンが探偵小説の面白さに開眼し、数理文学解析の道を志したのも、このブームに接したからだ。

ただし、中国・インドでの第三次探偵小説ブームの担い手となったのは、クンマーとヒューマヤンの方程式を実装したコンピュータ・プログラム（「クリスティII」や「QED」の名称で知られる）だった。こうした「オートポエティクス」製品は、マーケティングやリバース・エンジニアリングのサンプルとして用いられることはあっても、アカデミックな研究対象とは見なされていない。ユアンが探偵小説史を遡《さかのぼ》り、いわゆる「黄金時代」の英米探偵小説に注目したのは、そのためである。

しかし、後進のユアンにできることは限られていた。読者との知的ゲームを高らかに宣言し、フェアプレイの精神に則《のっと》って、厳格なルールが適用される探偵小説という形式は、数理文学解析の創始者たちが真っ先に手をつけたジャンルだったからだ。

初期の研究者たちは、さまざまな約束事からなるゲーム探偵小説を、数学的な構造体としてモデル化し、その自律的な進化プロセスを法則化しようと試みて、一定の成果を挙げていた。ユアンの指導教官であるホイ教授も、そうした研究で名をあげた人物だ――が、多くの先達と同様、彼の業績はすでに過去のものとなっている。

草創期の数理文学解析の論文には、恣意《しい》的なデータの取捨選択と、厳密さに欠ける数学理論の我田引水が目立ち、現在の研究水準から見ると、首をかしげるようなものが多かったせいだ。初期の探偵小説関連の論文の多くで、そうした欠陥が指摘されたため、第二世代以降の研究者たちはこのジャンルの数理解析を避けるようになった。

ホイ教授らのグループは、理論の欠陥を埋めるべく、その後も探偵小説モデルの改良に努めていたが、時代遅れのレッテルを返上するほどの結果は出ていない。改良の試みが頓挫《とんざ》したのは、モデルの選択を誤ったからだ、とユアンは考えていた。

ホイ教授を始めとする先達の多くは、『グリーン家殺人事件』『僧正殺人事件』等で知られるアメリカの作家、S・S・ヴァン・ダインが一九二八年に発表した「探偵小説作法の二十則」を解析モデルとして使用している。しかしユアンの考えでは、ヴァン・ダインの定めたルールはあまりにも杓子《しゃくし》定規なうえ、厳密さに欠ける記述が多く、数学的なモデルに適用するにはふさわしくないものだった。

ユアンはもっと柔軟な公理モデルを求めて過去の文献を読みあさり、興味深いテキストを発見した。「ノックスの十戒」――イギリスの作家ロナルド・ノックスが一九二九年、アンソロジーの序文として発表した探偵小説のルール集である。

これはまさに自分が探し求めていたものだ、とユアンは直感した。それと同時に、ホイ教授らがノックスのテキストを意図的に無視していた理由もわかった。

「ノックスの十戒」には、政治的に正しくない記述が存在している。

## 2

ユアンが「ノックスの十戒」を博士論文のテーマに選んだことを告げると、指導教官のホイ教授は案の定、不快の表情を隠さなかった。

「それは得策ではないね、ユアン君。ロナルド・ノックスが、英国人特有のひねくれたユーモアの持ち主だったことは、きみもよく知っているだろう。彼の十戒も手の込んだジョークで、真に受けることはできない。そもそも、政治的に不適切な項目がある」

「第五項のことですか？」

　ユアンがおそるおそるたずねると、老教授はため息をついて、

「聞くまでもなかろう。〈探偵小説には、中国人を登場させてはならない〉。ほかの九つの項目に関してはそれなりに首肯できるものだが、第五項だけは別だ。あのような人種差別的記述を含むテキストを受け容《い》れることはできない」

「その記述がわれわれの先祖に対する侮辱であることは認めます。しかしノックスの意図は、別のものだったかもしれません」

「別のもの、というと？」

「二十世紀初頭の低俗スリラーに、数多くの〈東洋の怪人〉が登場していることは、あらためて指摘するまでもありません。当時の黄禍論の影響で、中国人にまつわる歪曲《わいきょく》された悪役イメージが流布していたからでしょう。だとすれば、ノックスがあえてあのような項目を入れたのも、探偵小説の世界で不当にゆがめられた中国人イメージが蔓延《まんえん》していることに対して、警鐘を鳴らすためだったと考えられないでしょうか？」

ユアンの反論に、ホイ教授は鼻を鳴らして、

「たしかに、そうした解釈があるのは認める。だが、ノックス自身が中国人に対する偏見から自由だったとは思えない。第五項に付された説明の文章を読めば、彼の誤謬《ごびゅう》が明らかになるのではないかね」

痛いところを突かれて、ユアンは切れ長の目を伏せた。ノックスは次のように書いている。

（5）「探偵小説には、中国人を登場させてはならない」

その根拠は定かではないが、おそらく「中国人は頭脳に関しては知識を身につけすぎるが、道徳の点になるとさっぱり身についていない」という西洋に古くから伝わる臆説《おくせつ》のせいかもしれない。実際に調べてみた結果申し上げたいことは、本を開いてみて、「チン・ルウの切れ長の目」などという記述が目にとまったなら、ただちにその本を閉じるのが得策だ、ということである。それは、まず駄作と考えてよい。思いあ

たる限り、駄作でなかったのは（他にも何冊かあるかも知れないが）、アーネスト・ハミルトン卿《きょう》の『メムワスの四つの悲劇』のみである。

「なるほど、そういうことか。ユアン・チンルウ君、きみは百三十年前のテキストに自分の名前が記されていることに、何らかの意味を求めようとしているのだな」

ユアンの頰が赤くなる。教授の指摘は当たっていたからだ。

ユアンが黙っていると、ホイ教授は突き放すようにかぶりを振って、

「ノックスがそう書いたのは、おそらく清王朝《セレスティアル・エンパイア》の乾隆《チンルウ》帝を意識してのことだと思うがね。だがどうしてもそうしたいなら、好きにすればいい。きみの性格からして、私が反対しても、どうせ論文のテーマを変えようとはしないだろう。そのかわり、博士号を取得した後の就職口に関して、私に期待するのはあきらめた方がいいな」

教授はすげない身ぶりで、それ以上議論する気がないことを伝えた。

ユアンは一礼し、研究室を辞したが、老いた指導教官の最後の台詞《せりふ》が、精一杯の強がりであることを見抜いていた。教授の推薦があろうとなかろうと、ユアンが望ましいポストを獲得できる見込みはなかった。

ホイ教授だけでなく、数理文学解析という学問自体が斜陽化しつつある現状では。

ユアンの覚え書きより――ロナルド・アーバスノット・ノックスは、一八八八年二月

十七日、イングランドのレスターシャー州で生まれた。ノックス家は英国国教会《アングリカン・チャーチ》の信徒で、彼の父親はマンチェスター主教の地位に就いていた。

語学と詩才に秀でていた若きノックスは、イートン校からオックスフォード大学のベイリオル・カレッジへ進み、一九一〇年、トリニティ・カレッジの特別研究生となる。大学を卒業した後、彼は国教会の牧師に叙任され、母校のチャプレン（付属の礼拝堂で宗教行事を執り行う役職）を務めたが、一九一七年、宗教上の理由からその職を離れた。国教会派の信仰に飽きたらず、ローマ・カトリックへ改宗したためである。

やはり国教会派からカトリックへ改宗した同時代人に、ブラウン神父シリーズで有名な作家G・K・チェスタトンがいる。青年時代のノックスがカトリック信仰に目覚めたのは、チェスタトンの思想に感化されたせいだが、実際に改宗に踏みきったのは、聖職に就いていたノックスの方が先だった。それ以来、両者の影響関係はすっかり逆転し、一九二二年、チェスタトン自身がようやくカトリック教会に帰依した際にも、その決断を強く後押ししたのは、十四歳年下のノックスだったという。

一九一八年、あらためてカトリックの司祭に叙任されたノックスは、セント・エドマンズ・カレッジに赴任した後、古巣のオックスフォード大学へ呼び戻され、以後十三年間、母校のカトリック学生のため、ふたたびチャプレンを務める。この間、ノックスはキリスト教に関するさまざまな著作を出版し、またラジオ番組に出演して信仰を説いた。一九三六年、教皇付きの名誉最高聖職者（英カトリック教会のナンバー2）の地位に就いたことからも、卓越した彼の知性と精力的な活動ぶりがうかがえるだろう。ノックスが出演したラジオ番組に関しては、彼の人柄をしのばせる、人騒がせなエピソードが伝えられている。

一九二六年一月十六日、ノックスはBBCラジオのレギュラー番組中で、革命勢力にロンドンが占拠され、暴動が発生しているという設定のフェイク・ドキュメンタリー「バリケードから生中継」を放送した。迫撃砲の攻撃でビッグベンが倒壊し、サヴォイ・ホテルは炎上、暴徒と化した群衆が政府首脳を血祭りに上げている――リアルな演出を施したまことしやかな疑似中継が、十二分間にわたってオンエアされたのである。BBCは再三、番組内容がフィクションであることをアナウンスしたが、多くのリスナーはノックスの仕組んだいたずらを真に受けた。たまたま大雪で新聞の配達が滞っていたせいもあり、英国全土で小規模なパニックが続発したという。オーソン・ウェルズという名のアメリカ人俳優が、CBSラジオの番組で、H・G・ウェルズのSF小説を脚色した「火星人襲来」というフェイク・ドキュメンタリーを放送し、全米を恐怖のどん底に陥れたのは、ノックスの企てに遅れること十二年、一九三八年の出来事である。

少年時代から探偵小説に親しみ、とりわけシャーロック・ホームズのファンだったノックスは、カトリック改宗前の一九一二年、『ホームズ物語』についての文学的研究」というエッセイを雑誌に発表した。後年、多大な発展を遂げるシャーロック・ホームズ学の嚆矢《こうし》とされる論文で、その内容には原作者のコナン・ドイルすら舌を巻いたほどである。探偵小説というジャンルに対するノックスの旺盛《おうせい》な批判精神とひねくれたユーモアは、すでにこの頃から片鱗《へんりん》を見せている。

第一次世界大戦が終わってから、イギリスの探偵小説界は長編主体の黄金時代を迎え、読者の知的水準も底上げされた。当時のイギリスでは、他分野で名をなした知識人が余技として探偵小説に手を染めることが珍しくなかったが、ノックスもその例に洩《も》れない。探偵小説というジャンルの機微に通じていたノックスは、偉大なるパロディ精神を発揮し、聖職者だったことが信じられないほど人を食った作品を発表する。

ゴルフ場のはずれで遭遇した死体をめぐって、四人の素人《しろうと》探偵が見当ちがいの推理合戦を繰り広げる一九二五年の探偵小説デビュー作、『陸橋殺人事件』がそれだ。すれっからしのマニアをからかうために書かれたような風刺ミステリで、そのアイロニカルな結末はマゾヒスティックな英国人気質を巧妙にくすぐるものだった。

デビュー作の好評に気をよくしたノックスは、保険調査員マイルズ・ブリードンをシリーズ探偵に据えた質の高いパズラーを書き続ける。ユーモアたっぷりの筆致で手の込んだ謎解きを披露し、『閘門《こうもん》の足跡』（一九二八）や『サイロの死体』（一九三三）といった作品は、几帳面《きちようめん》な手がかりと隙のないロジックを求めるうるさがたの読者を唸《うな》らせた。本業の宗教関係の著作より、格段に売れ行きがよかったらしい。ノックスは国教会派の父親に勘当され、遺産相続から排除されていたが、探偵小説の収入のおかげで、生活に困ることはなかった。一九三〇年にロンドンで設立された探偵《ディテクション》クラブのメンバーとして、二冊の合作長編にも参加している。

ノックスは一九三七年までに六作の長編と、珠玉の短編を残した後、探偵小説の筆を折った。二十世紀イギリスを代表するカトリック作家で、ノックスの評伝を書いたイヴリン・ウォーによれば、彼のよき友人で著作の最大の理解者でもあったレディ・アクトンが、最後の長編Double Cross Purposesを酷評したせいだという。それを機に探偵小説から足を洗ったノックスは、一九三九年、オックスフォードからハートフォードシャー州アルデナムへ移り、ラテン語で記されたウルガタ聖書の翻訳に専念する。九年がかりで仕上げた入魂の英語訳は、「ノックス聖書」として斯界《しかい》の絶賛を浴びた。

一九五七年、隠遁《いんとん》先のサマセット州メルズで体調を崩したノックスは、旧友ハロルド・マクミラン首相に招かれ、ダウニング・ストリートの首相官邸に滞在中、医師から末期ガンの宣告を受ける。彼がメルズの自宅で永眠したのは、その年の八月二十四日。ウェストミンスター大聖堂で盛大な葬儀が行われ、ノックスの遺体はサマセット州のセント・アンドリューズ教会に埋葬された。

## 3

「ノックスの十戒」として後世に知られるエッセイは、ヘンリー・ハリントンと共編したアンソロジー『探偵小説傑作集』一九二八年版（刊行は翌年）の序文として書かれた。このアンソロジーでは、読者がいったん本のページを閉じて、謎解きの作業に移るべき箇所をゴシック体で示すという、「読者への挑戦」の趣向が取り入れられている。この趣向は、「探偵小説とは、作家と読者という二人の競技者間のゲームにほかならない」というノックスの信念を具体化したものといえるだろう。

それがゲームである以上、勝敗を左右する手がかりは、フェアな形で読者に提示されなければならない。「したがって」とノックスは書いている。「探偵小説にルールがある、という場合には、詩にルールがあるというのとは意味が異なり、むしろクリケットにはルールがある、というのに近い。イギリス人にとっては、クリケットのルールの持つ意味は重大である。そこでフェアでない探偵小説を書く作家は、単に審美眼に欠けると非難されるだけでなく、反則を犯したかどで、レフリーに退場を命じられるであろう」。

このいかにも英国人的なレトリックに続けて、ノックスは自らの見識に則って定めた探偵小説の十のルールを、注釈とともに書き記していく。

（1）犯人は小説の冒頭あたりですでに登場していること、ただし読者が簡単に心を読めるような人物であってはならない。
（2）言うまでもないことだが、あらゆる超自然現象の類《たぐい》はいっさい排除すべし。
（3）秘密の部屋や通路は複数存在してはならない。

（4）未発見の毒物や最終章でくどくどしい科学的解説を要する装置や設備は使ってはならない。
（5）探偵小説には、中国人を登場させてはならない。
（6）探偵は偶然の出来事や、後になって正しさの証明される根拠のない直感で、事件を解決したりしてはならない。
（7）探偵が犯人であってはならない。
（8）探偵が手がかりを発見した場合は、すぐに読者の検討に委《ゆだ》ねられなければならない。
（9）探偵の間抜けな友人——いわゆるワトスン君——は頭に浮かんだ考えをすべて読者に公表する義務がある、またその知性は少しばかり、ほんの少しばかりだが、読者の平均を下回る。
（10）あらかじめ読者が予知できない限り、双子の兄弟や瓜二《うりふた》つの人物などを登場させるべきではない。

博士論文に取りかかったユアンは、かつてホイ教授らのグループが「ヴァン・ダインの二十則」の数理解析に用いた手法を試してみることにした。

まず「ノックスの十戒」の各項を数式で記述した十次元のマトリクスを構成し、これをノックス場と名づける。このノックス場に、作者と読者の対戦を定式化した「二人ゼロ和有限確定完全情報ゲーム」のアルゴリズムを埋め込み、クンマーとヒューマヤンの物語生成方程式を再帰的に走らせて、ウィーナー過程（連続時間確率解析）における解の分布をマッピングする。

ユアンの目算が正しければ、出力される解の分布は、黄金時代の探偵小説作家たちが、日々賢くなっていく一方の読者を出し抜くため、知恵を絞って考案したトリックやプロットのイノベーション曲線に近似していくはずである。

ところが、当初の結果はさんざんだった。解の分布はてんでんばらばら、グラフは迷走を繰り返し、ユアンにできるのは、解析データをゴミ箱へ放り込むことだけだった。どうやらホイ教授が問題視した中国人ルールが、物語生成方程式の阻害要因になっているらしい。ユアンは第五項を除いた九次元のマトリクスで計算をやり直してみたけれど、その結果はさらに悲惨なものになった。九次元のノックス場は、どういうわけだか、物語生成空間としての完全性を維持できず、どんなにパラメータを調整しても、アルゴリズムが堂々めぐりに陥って、計算がフリーズしてしまうのである。

度重なる失敗に、ユアンはひどく落ち込んだ。ホイ教授が示唆した通り、ノックスは手の込んだジョークを披露しただけで、「十戒」に何らかの意味があると直感したのは、買いかぶりにすぎなかったのだろうか。ユアンはノックス場そのものを放棄しようかと思い詰めたが、ある日ふとしたことから、とんでもない解決法を思いついた。

ノックスの第五項（中国人を登場させてはならない）は、ただでさえ唐突で、不自然なルールである。それ以外の規定が、探偵小説という形式を支えるフェアプレイの原則と密接に結びついているのに対して、第五項には（ノックス自身が認めているように）合理的な根拠がいっさい見当たらない。にもかかわらず、これを欠いた九次元のノックス場は、物語生成空間として体をなさないのである。ということは、中国人ルールから生じる不可解なゆらぎが、ゲーム探偵小説の自律進化プロセスにおいて、何らかの積極的な作用を及ぼしていると考えざるをえない。

　そこでユアンは第五項から導かれる数式に虚数$i$——マイナス1の平方根——を掛け、ノックス場を複素数次元に拡張した。乱暴なたとえで言うと、No Chinaman という実体を持たない虚構の人格《イマジナリー・パーソン》を、探偵小説に必須《ひっす》のキャラクターないし「隠れた変数」として裏口から導き入れるようなものだろうか。

　窮すれば通ず。半ばやけくそで思いついた考えだったが、このアイデアは予想をはるかに上回る成果を挙げた。それまでてんでんばらばらに散らばっていたクンマー゠ヒューマン方程式の解が、有意なカオス軌道を描き始めたからである。ノックス場によって数値化されたゲーム探偵小説の自律進化モデルは、プラスマイナス四パーセント以内の誤差で、現実の探偵小説史が描いたイノベーション曲線と一致した——あたかもNo Chinaman という観測者が、量子力学で用いられる波動関数を「収縮」させたかのように。

はっきりした理由はわからないのだが、中国人ルールは一種のメタ規則として、ほかの九つのルールを暗に統御しているらしい。たとえば、第七項（探偵が犯人であってはならない）という規則は、単独の公理としては強すぎる。ノックスは注釈の中で、作者が真の探偵役をほかに用意していれば、犯人が探偵に偽装することを妨げないと補足しているけれど、ある種の狡猾《こうかつ》なプロットでは、どうしても真の探偵が犯人を兼任せざるをえないケースも出てくるからだ。そのようなケースにおいては、No Chinaman が隠れた真の探偵であるかのようにふるまって、従来のものより巧みに構成された再帰的プロットが、ノックス場からはじかれないようカバーする。

ユアンはこの事実に驚きを隠せなかった。はたして「十戒」に中国人ルールを加えたノックス自身、このような効果が生じることを予見できただろうか？

それだけではない。No Chinaman 変換（とユアンは自らの論文の中で定義した）を施した十次元のノックス場は、その構造から固有のソリトン波を発生させる。その波のスケールを実時間に換算すると、ほぼ六十年という数値になることが明らかになった。一九二〇～三〇年代の英米、一九九〇年代の日本、そして二〇五〇年代の中国とインド……。期せずしてユアンは、時代と国境を超えたゲーム探偵小説のブームが、ほぼ六十年周期で繰り返される数学的根拠まで、突き止めてしまったのである。

博士論文に目を通したホイ教授は、渋々ながらユアンの研究の成果を認めた。しかし、自分の忠告に耳を貸さなかった教え子を許したわけではない。

教授は宣言通り、ユアンの就職の斡旋《あっせん》を拒んだ。

自分より能力の劣る学生が、卒業後の進路を決めていくのを尻目《しりめ》に、ユアンは大学に残ってノックス場の研究を続ける決意を固めた。さらに研究を深めたところで、学者としての将来が開ける見込みは低かったが、そうするよりほかに選ぶ道がなかったのだ。

4

メールを受け取った翌々日、北京に飛んだユアンは、指定された時刻きっかりに国家科学技術局のオフィスに出頭した。

セキュリティゲートの係員がアポイントメントを確認し、ユアンの内耳に埋め込まれた生体IDチップを人民情報センターのデータと照合する。ユアンは無事チェックをパスしたが、ものものしい警備体制を目の当たりにして、不安が募る一方だった。

ゲートを通過すると、マーという名の秘書官が彼を迎えた。

「ユアン・チンルウ博士ですね。私が最上階の長官室へお連れします。そこでリウ長官とスタッフが待っています」

「その前にひとつ質問が。私はなぜここに呼ばれたのですか？」

「私の口からはお答えできません。でも、じきにわかりますよ」

マー秘書官は顔色も変えずに言って、ユアンをエレベーターに乗せた。

科技局長官がどうして自分に興味を持ったのか、ここへ来るまでの間、ユアンはずっとその理由を考え続けていた。だが、いくら考えても思い当たることはない。むしろ彼の想像は悪い方、悪い方へとばかり傾いていく。

数理文学解析という学問は、厳密さを重んじる理工系の研究者の間では、未《いま》だにまっとうな科学分野として認められていない。草創期の論文に理論の飛躍や、不正確なデータ処理が多かったせいもあるだろう。

二〇四〇年代、数理文学解析が新しい「知」の代表として脚光を浴びていた時期には、多くの数学者や計算機科学者がその研究手法のいかがわしさを厳しく批判して、たびたび論争（いわゆる「第三次サイエンス・ウォーズ」）が繰り返されている。クンマーとヒューマヤンの物語生成方程式がノーベル賞の栄冠に輝いた時も、彼らの反応は冷ややかなものだった。あんなものは「文学賞」がせいぜいだ、というわけである。

数理文学解析という学問が斜陽化するにつれて、その種のバッシングは下火になっていったが、今でも同世代の理工系研究者がユアンらに向ける目は冷たい。ユアン自身、そうした差別を受けるのも仕方がないと、最初からあきらめているところがある。

ノックス場の解析から導き出された結果には、自分でも満足していたが、かといって、それが理工系の研究者から本気で評価されるとは思っていない。国家科学技術局のエリートがユアンの論文に注目することなど、どう考えてもありえなかった。

だとすれば、今日の召喚の目的も好意的なものではないだろう。ひょっとしたら、ユアンにはうかがい知れない何らかの政治的な思惑から、科技局のお偉方は「第四次サイエンス・ウォーズ」――パラ人文系学問に対する総攻撃に着手しようとしているのではないか？　その先制攻撃のきっかけとして、たまたま彼の論文が目に留まったのではないか？

上昇時間はわずかだったが、ユアンにはとてつもなく長く感じられた。長官室の扉の前で足を止め、マー秘書官がたずねる。

「どうかしましたか、ユアン博士？　顔色が悪いようですが」

「いや、何でもありません。ちょっと緊張しているだけで」

ユアンはそう答えたが、魔女狩りや焚書《ふんしょ》といった連想が頭を離れない。中国人に対するノックスの時代遅れの見解は、ユアンの論文を非科学的と弾劾するのに、格好の材料となりうるからだ。ホイ教授の忠告を頭から無視したことが悔やまれたが、今となってはその後悔も手遅れだった。

「よく来てくれた、ユアン博士」

国家科学技術局のリウ・フーチェン長官は、打ち解けた様子でユアンを迎えた。短く刈り上げた髪に、旧式のメガネと白衣をモチーフにした長官服。前世紀半ばのレトロな科学者を模したいでたちは、国営ホロビデオ・ニュースなどでもおなじみの姿である。

「そうしゃちほこばることはない。まあ、かけたまえ」

ユアンはためらった。坐《すわ》ったとたんに、身体の自由を奪われるのではないかと思ったからだ。しかし、長官の勧めを断るわけにもいかない。覚悟を決めて腰を下ろしたが、ユアンの身には何も起こらなかった。客用の坐り心地のいい椅子である。

リウ長官は執務デスクの上方に浮かんだバーチャル・モニタのウィンドウを閉じて、

「きみの博士論文は面白く読ませてもらったよ。実は私も、二十世紀前半の英米探偵小説の密かな愛読者なのだ。とりわけ、ジョン・ディクスン・カーの」

「長官がそのような趣味をお持ちとは知りませんでした」

ユアンが意外の念を口にすると、リウ長官はにやりとして、

「いろいろと差し障りがあるので、私の趣味に関しては、ここだけの話にしておいてもらいたいのだがね。しかしだ、ユアン君。趣味の問題は別にして、もし私がきみの指導教官だったら、この論文は突き返したにちがいない。ノックス場を構成する十次元マトリクスの記述は、いくつかの点で厳密さに欠けるし、クンマーとヒューマヤンの物語生成方程式にしても、今ではすっかり時代遅れで、錆《さ》びついているのではないか」

まるで博士論文の口頭試問みたいな口ぶりである。なぜ科技局長官の口からそんな問いが発せられるのか、ユアンは戸惑いながらも、自尊心に突き動かされて、

「たしかに、マトリクスの構成に改良の余地があることは認めざるをえませんが、ノックス場の働きそのものがそれによって左右されるとは思えません。さらにお言葉を返す

ようですが、長官もご存じのように、クラシックな探偵小説のテキストは、ある種の紋切り型を多用していることが特徴のひとつです。したがって、最新の物語生成方程式を適用するより、古典的なクンマー－ヒューマヤン方程式を用いた方が、ジャンル解析にとっても有用なのではないでしょうか？」

「そうムキにならないでくれ、ユアン君」

リウ長官が苦笑しながら言う。ユアンは思わず顔を赤くして、

「――失礼しました、長官」

「いや、謝ることはない。こちらも余計なことを言った。今日きみに来てもらったのは、論文のアラ探しをするためではないんだよ。きみの論文は非常に興味深い――とりわけ、No Chinaman 変換というアイデアには、敬意を表する」

ユアンの頬が自然に緩む。さっきまでの不安は雲散霧消していた。よもや国家科学技術局のトップの口から、そんな言葉が聞けるとは。

「身に余る光栄です、長官」

「ただし、きみを呼んだ理由はもっとほかにある。われわれの注意を引いたのは、数理文学解析という学問ではなくて、きみの論文の註《ちゅう》に記された、ある特定の日付なのだ」

リウ長官の声のトーンが急に変化する。ユアンはおそるおそるたずねた。

「ある特定の日付、といいますと？」

「一九二九年二月二十八日」

「――オックスフォード・オールド・パレスにて。『探偵小説傑作集』に掲載されたノックスの序文、その末尾に記された日付のことですね」

　ユアンの返事に長官がうなずく。

「百三十年も前の日付に何か、重要な意味があるのですか？」

「非常に重要な意味がある。おそらくきみが考えている以上にね。科学の発展、いや、人類の歴史を書き換えるほどの、画期的なブレイクスルーの可能性だ」

　ユアンは首をかしげた。

「人類の歴史を書き換える？」

「文字通りの意味でだよ、ユアン君。われわれの仮説が正しければ、史上初の双方向タイムトラベルを実現できるかもしれない」

「双方向タイムトラベル？」

　ユアンは耳を疑った。話の脈絡がつかめない。悪い冗談、いや、彼を陥れる罠《わな》ではないのか？　だが、リウ長官はユアンの困惑などお構いなしに、

「話の途中だが、スタッフ・ルームに席を移そう。今からこの分野の専門家が、最新の報告を行うことになっている。きみにも同席してもらいたい」

## 5

スタッフ・ルームには、量子力学と時間工学、宇宙物理学等を担当する各部署の代表が集められていた。いずれもユアンの専門領域から遠くかけ離れた、先端科学とテクノロジーの最前線に立つ精鋭ばかりである。作戦司令室のようにセットされた円卓には、新人民軍の制服を着た物静かで、眼光の鋭い人物も加わっていた。諜報《ちようほう》部の連絡将校で、この集まりが国家の最高機密を扱っていることを暗に示している。

リウ長官の隣りが、ユアンの席だった。特等席である。スタッフの紹介が一巡して、最後にユアンが氏名と専攻分野を述べると、列席者たちは互いに意味ありげな目配せを交わした。どうやらこの場にいる全員が、彼の論文に目を通しているらしい。この顔ぶれの中で、ユアンの存在は明らかに浮いていたが、単なる外野のオブザーバーというより、もっと重要な役割が期待されているようだった。

それがどういう役割なのか、まったく想像がつかない。それでも魔女裁判の法廷に引き出された被告人ではなさそうだ、とユアンは思った。

リウ長官が開会を告げ、最初の発言者を指名する。時間工学の権威として知られるチャン・スーホン教授。チャン教授はタイムトラベルの原理と、タイムマシン製造計画の歴史に関する簡単なレクチャーを行った。

一九六三年、ニュージーランドの物理学者ロイ・カーは、一般相対性理論におけるアインシュタイン方程式から「カー解」と呼ばれるブラックホールの存在を予測するものである。これは高速回転するドーナツ型ブラックホール解を導き出した。これ
カー・ブラックホールの回転速度が増大し、角運動量が質量の値を超えると、事象の地平面が開いて特異点（通常の因果法則が作用しない領域）がむき出しになり、リング状の超空間が出現する。この超空間に飛び込んで、回転方向に進めば未来へ、逆方向に進めば過去へのタイムトラベルが可能になるという。

アメリカの物理学者フランク・ティプラーは「ティプラー・シリンダー」と呼ばれる装置を考案し、実験施設内に超小型ブラックホールを発生させることで、タイムマシンが製造できると考えた。これがタイムトラベルの原理である。EUの共同研究機関が実験に着手したのを手始めに、各国がタイムマシンの研究開発競争を開始する。

二〇三〇年代には、ロシアで最初の試作機が完成、二〇四二年にはユーリと名づけられたライカ犬を過去に送り込むことに成功した、という衝撃的なニュースが全世界を駆けめぐった。史上初の有人タイムトラベルの成功も、時間の問題……。ところが、その発表から一年後、ロシア政府は突如として、タイムマシン計画からの撤退を宣言する。

開発競争に後れをとった各国——もちろん、中国も含まれる——は、突然の計画中止に驚きを隠せなかったが、やがてその理由を知ることになる。

「後に公表されたことですが、すでにロシアはその段階で、三度にわたる有人タイムトラベルの実験に成功していました。しかし、その結末は悲劇的なものだった……。カー・ブラックホールに生じる裸の特異点を利用した過去へのタイムトラベルには、致命的な欠陥があったのです」

チャン教授の説明が続く。まるで個人授業のようだ。教授の視線はさっきからずっと、ユアンひとりに向けられていたからである。ユアン以外のスタッフにとっては、今さら聞く必要もない初歩的な内容だったにちがいない。

「――タイムパラドックス？　いや、そうではありません。過去へのタイムトラベルに成功しても、パラドックスは生じない。なぜなら時間旅行者が赴く過去とは、出発前の彼が属していた世界とは別の、パラレルワールドにほかならないからです。あるいはこう言い換えてもいいでしょう。タイムトラベラーが過去のある時点へ到着した瞬間に、世界は二つに分岐する――未来からのタイムトラベラーが出現しなかった世界Aと、タイムトラベラーが出現した世界Bに。

言うまでもなく、前者がわれわれの属しているこの世界であり、後者がパラレルワールドに該当します。そして一度分岐した世界Aと世界Bの時間線は、どれだけ未来に延長しても、二度と交わることがない。したがって、世界Bへ移動したタイムトラベラーが過去の時点でどんな行為をしでかしても、世界Aの歴史にはいかなる影響も及びません。パラドックスが生じないとは、そういう意味です」

「待ってください。それは要するに、過去へのタイムトラベラーはパラレルワールドへ行ったきりで、元の世界へは戻ってこられないということですか？」

ユアンが質問すると、チャン教授はうなずいて、

「その通りです。ロシアを始めとする各国の時間旅行者たちは、誰ひとり、過去から戻ってこなかった。二〇四〇年代には、わが国でも未来へのタイムトラベルが実用化され、装置のコンパクト化も進んだのですが、その技術は何の役にも立ちませんでした。理論上、未来への移動は同一の時間線上でしか行えない。分岐した過去の世界Bから未来方向へのタイムトラベルを行っても、それは世界Bの未来にしか行き着けないことが証明されているのです。だから過去へのタイムトラベルに成功しても、世界Aに属するわれわれの現在に戻ってくることはできません。

未来へのタイムトラベルの場合でも、同じ不都合が生じます。同一の時間線上にあるといっても、いったん未来に移動したタイムトラベラーは、ふたたびこの現在に戻ってくることができない――未来の時点から現在へのタイムトラベルを行えば、到着した時点で現在が二つに分岐し、やはり世界Aと世界Bが生じてしまうからです。未来から逆戻りしたタイムトラベラーは、その時点で世界Bに属することになり、われわれの世界Aとは永久に無縁の存在となる。ロシアを始めとする各国がタイムマシン計画を放棄してしまったのも、当然の結果といえるでしょう」

「しかし、それはあくまでも現在の科学技術の限界にすぎないのでは？　未来の科学者たちなら、問題の解決法を見いだしているかもしれません。だとすれば――」

「われわれは、すでにその可能性を検討したのだ」

隣席のリウ長官がユアンの発言をさえぎり、悲しげな口調で言った。

「タイムトラベル理論に精通した熱意ある若者たちが、何人も何人も、重要な任務を帯びて未来へと旅立っていった。遠い未来の科学者が達成しているかもしれない、双方向タイムトラベルを実現する画期的な技術を、われわれの現在へ持ち帰るために……。だが、彼らの誰ひとりとして、われわれの元に戻ってはこなかった」

長官が口を閉じると、スタッフ・ルームに沈黙が訪れた。

6

「タイムトラベル理論が抱える問題については、理解できたと思います」

沈黙の重さに堪えかねて、ユアンはあえぐように声を発した。

「ですが、肝心の疑問が解けません。なぜ私のような駆け出しの文学研究者が、今日の会合に呼ばれたのですか？　先ほどの長官のお話では、ノックスの序文に記された日付に重要な意味があるということでしたが」

円卓の向こうで手が挙がった。

「あなたの疑問はもっともです、ユアン博士。私がその疑問に答えましょう」

宇宙物理学者のホアン・リー博士。スタッフ・ルームの中の紅一点である。リウ長官があらためて発言の許可を与えると、彼女は起立して列席者に一礼した。

「簡潔に要点だけ述べましょう。わが国のタイムマシン計画が頓挫した後、山東《さんとう》省にあるティプラー・シリンダーの施設を引き継いだのは、私たち宇宙放射線研究者のグループでした。引き継ぎが承認されたのは、今から八年前のこと。カー・ブラックホールに生じるリング状の特異点を、過去から飛来するニュートリノの捕獲装置として再利用するためです」

「ニュートリノの？」

話題が予期しない方へ転じたので、ユアンは戸惑いを隠せない。ニュートリノは天文観測に用いられる素粒子だが、それが序文の日付とどう関係するのか。ホアン博士はゲストの心配を打ち消すように、ユアンに微笑みかけて、

「ええ。ティプラー・シリンダーの回転速度を調節することで、超小型ブラックホール内に生じた超空間を、任意の過去の時代に接続することができます。しかし、すでにチャン教授が説明した通り、私たちの時代からタイムトラベラーを過去へ送り込めば、世界はAとBに分岐し、元も子もなくなってしまう。ところが、それとは逆向きに、接続面の向こう側から裸の特異点に飛び込んできた過去の情報は、世界の分岐を生じさせることなく、同一の時間線を保ったまま、私たちの手元に届けられます」

ユアンはうなずいた。未来へのタイムトラベルと同じ理屈だ。

「ただし、この逆タイムトラベル方式では、過去の時代の生物や物品を現代に持ってくることはできない。カー・ブラックホールのリング状特異点には、一方通行的な特性があるため、こちら側で人工的に作り出した超空間を、接続面の向こう側から逆向きに通過する際、原子から構成された物質は、素粒子レベルに崩壊してしまうからです。

でも、裸の特異点に飛び込んでくるのが、ニュートリノのような素粒子ならどうでしょう？　それらは破壊や変形を被ることなく、過去の時代の情報を保持したまま、時間の壁を突き抜けて、じかに私たちの検出装置に飛び込んでくるのです。私たち宇宙放射線研究者のグループは、こうした利点に目をつけて、過去の世界から飛来するニュートリノの観測実験に着手しました。ちなみに技術的には、未来のニュートリノを捕獲することも不可能ではありませんが、タイムトラベル理論の抱える致命的な欠陥と同じ理由で、捕獲された瞬間に、未来のニュートリノ情報は意味を持たないものになってしまうのですから、私たちは過去の情報のみに集中したわけです。

それから今日までの間、ティプラー・シリンダーは休むことなく、過去の情報を満載したニュートリノ群を捕獲し続けました。シリンダーの精度が上がり、最近の観測データは以前にも増して、実りの多いものになっている。そうやって過去のニュートリノ情報を詳しく分析していくうちに、私たちはある奇妙な事実を発見しました」

「奇妙な事実というと？」

「ニュートリノ情報を時系列に沿ってグラフ化し、連続した時間線を遡っていくと、過去のある特定の座標にどうしても観測できない盲点が存在するのです。時間線そのものが途切れているわけではないと思いますが、その観測上の挙動が明らかにおかしくて、タイムトラベル理論と突き合わせても、説明できない矛盾が生じてしまう。カー・ブラックホールのそれとは区別して、時間線上の特異点と呼んでもいいでしょう」

ユアンは動悸《どうき》が激しくなるのを感じながら、ホアン博士にたずねた。

「その時間線上の特異点というのは、具体的にいつの時代ですか？」

「――今からおよそ百三十年前」

とホアン・リー博士は言った。

「最新のデータに基づく計算では、一九二九年二月二十八日に相当します」

ユアンはごくりと唾《つば》を呑《の》んだ。「ノックスの十戒」が書き留められた日だ。

三番目の、そして最後の発言者は、量子力学者のマオ・ラウピン教授。マオ教授は有名な「シュレディンガーの猫」の思考実験を例に出し、いわゆる「観測問題」に関する量子力学の二つの立場――コペンハーゲン解釈と多世界解釈――について語った。

量子力学はミクロの世界で起こる出来事を、波動関数と呼ばれる数式で記述する。これを用いると、ある系を観測した時、さまざまな結果がどんな確率で得られるかを予言することができる。しかし予言が可能なのは、あくまでも確率のレベルでしかない。だから、マクロな現実世界に量子力学の理論をそのまま適用すると、不条理としか言いようのない奇妙な状況が生まれてしまう。

「シュレディンガーの猫」は、その奇妙さを示すたとえ話だ。半減期一時間、すなわち一時間の間に五十パーセントの確率で崩壊する放射性原子と、放射能検知器（原子の崩壊を検知すると毒ガスの入った瓶が割れる仕掛けをしたもの）を用意し、生きている猫と一緒に密閉された箱の中に入れる。一時間後に箱を開け、猫の生死を確かめる……。この実験を波動関数で記述すると、箱を開けて中をのぞいてみるまでは、生きている猫と死んでいる猫が、半々の確率で重なり合った状態になっているという。にもかかわらず、いったん箱を開けて、猫の生死を確認すると、その観測結果は生死のいずれかに決定してしまう。

どうしてそうなるのか？　コペンハーゲン解釈を支持する学者たちは、観測という行為によって、波動関数が「収縮」すると主張した。これは別々の可能性を表現する二つの波の干渉状態が、単一の波によって示される固有状態に変化することをいう。だが、観測という行為がなぜ、そしていつ波動関数を収縮させるのか、そのメカニズムはまったく明らかにされていない。そのせいで、量子力学という理論の整合性を保つために、肝心なところをブラックボックスに入れただけ、という批判が後を絶たない。

これに対して、一九五七年、プリンストン大学の大学院生だったヒュー・エヴェレットは、多世界解釈というアイデアを着想した。多世界解釈においては、波動関数は「収縮」する必要がない。宇宙全体が、ありとあらゆる観測結果のそれぞれについてひとつずつ、いくつものパラレルワールドに分岐するからだ。そして分岐したそれぞれの宇宙は、お互いに影響し合うことなく、どこまでも重なり合った状態を維持したまま、無限の分岐を続けていく……。ちょうど過去へのタイムトラベルによって、世界Aと世界Bが分岐してしまうように。

「タイムトラベル理論の問題点が明らかになって以降、それまで量子力学界の主流だったコペンハーゲン解釈は、一挙に劣勢に立たされた。パラレルワールドの発生は、エヴェレットの多世界解釈の正当性を示す証拠と見なされたからだ」

　マオ教授はしかつめらしい表情で、説明を続ける。

「しかし、私はそう思っていない。コペンハーゲン解釈と多世界解釈の対立は、あくまでも視点のちがいから生じたもので、どちらが正しいと言いきれるものではないからだ。そもそもわれわれは、過去へのタイムトラベルによって生じたとされる世界Bを実際に見たわけではない。タイムトラベル理論の不具合を、過去の世界の分岐という仮説によって解釈しているだけで、本当のところ、タイムトラベラーの身に何が起こったか、具体的なことがわかっているわけではないのだよ。

　むしろ問題は、多世界解釈が優位を占めたせいで、量子力学の研究が袋小路《こうじ》に突き当たってしまったということだ。波動関数の収縮を否定すると、先人たちが築いてきた輝かしい成果のほとんどが、紙くず同然になってしまう。実際、この十年間で、才能ある研究者の多くが意欲を失い、次々と現場をリタイアしていったのだ。無限に分岐を続ける並行世界という宇宙観は、個人のアイデンティティや自由な意思決定という信念を土台から脅かすために、ある種の諦念《ていねん》と無気力《アパシー》に結びつきやすい。今の状況が続けば、過去百三十年にわたる量子力学の発展も、いずれ無に帰してしまうだろう。

だが、ホアン博士らの研究グループの発見は、こうした状況を一変させる可能性を持っている。というのも、観測データを詳しく分析した結果、問題の日時、すなわちわれわれの世界を貫く時間線上の特異点には、世界の分岐を許さないような固有の性質があるという結論が出たからだ。一九二九年二月二十八日、仮にわれわれが現在の時点から、この特異点にタイムトラベラーを送り込んでも、世界は分岐せず、同一の時間線を保ち続けるにちがいない。ホアン博士らのデータは、この仮説を立証しているのだ。

ところでユアン君、きみはノックス場に関する論文で、No Chinaman 変換というアイデアを披露していたね？ きみはその中で〈あたかもNo Chinaman という観測者が、波動関数を『収縮』させたかのように〉という表現を用いている」

マオ教授に見つめられて、ユアンは身を硬くした。

「厳密さに欠ける、不正確な比喩《ひゆ》だということは認めます」

「きみを責めるつもりはない。むしろその表現は、ある面で真理を突いている。というのも、ノックス場における中国人ルールの奇妙なふるまいは、時間線上の特異点に関するデータの解析パターンと驚くほどの相似を示しているからだ。われわれの計算が正しければ、一九二九年二月二十八日に飛んだタイムトラベラーは、あたかもNo Chinamanという仮構の人格が、物語生成空間を統御するようにふるまって、過去の世界分岐を阻止し、時間線を同一のものに保つ作用を果たすと予想される。

もちろん、こうした予想はあくまでも仮説のレベルを出ない。どうしてこの日付に限ってそういう計算結果がはじき出されるのか、それとノックスの序文との間にどのような関連性があるのか、私には未だに理解できない。それでも、理論的には完全に整合しているのだ！　さらに重要なのは、このNo Chinaman仮説が正しければ、一九二九年二月二十八日に飛んだタイムトラベラーは、同一の時間線上を往復して、われわれの属するこの現在に戻ってくることができる――すなわち、今まで不可能だと考えられていた双方向タイムトラベルが実現できるということだ。同時にそれは、エヴェレットの多世界解釈に対する、コペンハーゲン解釈サイドからの強力な反証になるだろう」

ようやく話し終えたマオ教授は、精根尽きたようなしぐさで、リウ長官にあごをしゃくった。長官はうなずいて、何度か咳払《せきばら》いすると、それまでとは打って変わった堅苦しい口ぶりでユアンにたずねた。

「今の話を聞いてどう思ったかね？」

「どうかとおっしゃられても、私にはとてもついていけない議論です」

「今のは聞き方が悪かった。率直に言おう。ユアン君、われわれはきみにNo Chinamanの役割を引き受けてもらえないかと思っている」

ユアンは絶句した。

きみが驚くのも無理はない、と長官は言った。

「――だが、これはけっして根拠のない思いつきではない。熟慮の末の判断なのだ。どういう理由かはわからないが、この時間線上の特異点は、ロナルド・ノックスという前世紀の英国人と深いつながりを持っている。しかも、そのことを突き止めたのは、われわれ科学者ではなく、数理文学解析の研究者であるきみなのだよ。一連の出来事の奇妙な符合を考慮に入れると、ノックスと彼の十戒に関する専門家でなければ、双方向タイムトラベルという難事業を成功に導くことはできないだろう。私にはその確信がある。きみならできるはずだ、いや、この国家的プロジェクトはきみにしか任せられない」

長官だけでなく、円卓を囲む全員の視線が自分に注がれているのを感じた。あまりにも突然の宣告と、その国家的規模の重圧に、気が遠くなる……。奇妙なことに、真っ白になったユアンの脳裏に浮かび上がったのは、指導教官のホイ教授の顔だった。

彼は自分の現状と将来について考えた。ホイ教授の不興を買ったユアンに、研究者としての未来はないだろう。今のままだと、自分にはもう行くところがない。

だが、もし過去の世界へ飛んで、ノックスに会うことができたら。

中国人に関する奇妙なルールを記した真意を、本人に問うことができたら。

「――わかりました、リウ長官」

突然われに返ったユアンは、自分の声がそう答えているのに気づいた。

「過去へのタイムトラベルに志願します」

## エピローグ——オックスフォード、一九二九年二月二十八日

「だが、これ以上はいうまい」

その日、八時のミサを終えたロナルド・ノックスは、オールド・パレスの書斎に閉じこもり、後に「ノックスの十戒」として知られることになる序文の最後のパラグラフをタイプしていた。カトリックに改宗する前からタイプライターを使ってきたが、今では思考の道具として欠かせないものになっている。

「花束にして手渡す以前に、集めた花の蜜《みつ》とその芳香を、不器用な手で搾《しぼ》り取ってしまうようなことは、編集者のなすべきことではない。推理小説というかくも繊細な花を扱う場合には、特にそういうことがいえるだろう。その花は、一度しか芳香を放つことはなく、もし水分を搾り取ってしまえば、生物学的な興味以外には何ひとつ残らないから

である。かつて私が現代探偵小説の中の、傑作のひとつを読もうとしていたとき……」

ふと奇妙な気配を感じて、タイプライターのキーを打つ手が止まった。消える寸前だった暖炉の火が、いきなり音を立てて燃えさかったような気がしたからだ。

暖炉の方へ目をやったノックスは、信じがたい光景を目の当たりにした。火床が虹《にじ》の七色に輝いたかと思うと、暖炉そのものが陽炎《かげろう》のように揺らいで、そこに無限の深淵《しんえん》さながらの黒い裂け目が開く。

その裂け目から、ひとりの人間が出てきた。顔全体を覆い隠す、珍しい形のヘルメットをかぶり、銀色の潜水服めいたつなぎを身につけている。背中には大きな箱のようなものを背負っていた。

ノックスは両肘《りょうひじ》を宙に浮かせたまま、ぽかんと口を開けて、その人物がヘルメットをはずすのを見つめた——出てきたのは、切れ長の目をした東洋人男性の顔。

「きみはいったい、どこから入ってきたのだ？」

ノックスが抑えた声でたずねると、男はやっと気づいたようにこちらを見て、

「あなたは、ロナルド・ノックス司祭《プリースト》ですか」

と聞き返す。職名の司祭と敬称の神父《ファーザー》を混同している点を除けば、東洋風の訛《なま》りのない、きれいな発音の英語だった。肌のつるんとした若者で、柔弱な印象が拭《ぬぐ》えないものの、瞳《ひとみ》には知性の輝きがある。

「たしかにその通りだが、きみはまだ私の質問に答えていない」

「すみません。説明する前に、もうひとつだけ聞かせてください。ここは一九二九年二月二十八日のオックスフォードですか？」

妙ちくりんな質問をする男だと思いながら、ノックスはうなずいた。男はずいぶん嬉《うれ》しそうな顔をして、安堵《あんど》のため息を洩らす。

「では、無事に着いたんだ！　執筆中のところをお邪魔してすみません、ノックス司祭。申し遅れましたが、私の名前はユアン・チンルゥ。二〇五八年の中国から時空を飛び越えてきた未来人で、この世界に現れた時間旅行者の記念すべき第一号です」

ノックスはかぶりを振った。どうやら頭のおかしい男のようだが、こちらに危害を加えるつもりはないらしい。こういう手合いは話に付き合ってやるふりをして、相手が油断したところで警察に突き出すのが一番である。

「ミスター・チンルゥ、きみの素性はわかったが、まだ私の最初の質問に答えてくれていないようだ。いったいどうやって、この部屋に入ってきたのかね？」

「二十一世紀のタイムマシン技術です。カー・ブラックホールに生じる裸の特異点を通過して、この世界にやってきました。ちょうどこの部屋に時空の接続面がつながるように、パラメータを調整したのです」

若い中国人はそう言うと、背負っていた箱を床に下ろしてカバーを開けた。彼の言動から察するに、H・G・ウェルズ氏の空想科学小説の熱烈な信奉者らしい。念の入ったことに、中にはテレタイプのような機械装置が入っている。男はその装置を暖炉の前に据え置いて、複雑な操作を行い始めた。

「何をしているのかね、ミスター・チンルウ？」

「未来への帰り道を確保しているところです。この装置から発生する磁場で接続面を包んでおくと、短時間ですが裸の特異点を固定することができる。そこへ陽電子を注入して、正の電荷を与えてやると、特異点の持つ一方通行的な特性が逆転《コンバート》し、安全に未来に帰れるようになるんです。この方式を使えば、ティプラー・シリンダーと比べてはるかに少ないエネルギーで、効率よく未来へのタイムトラベルが可能になります」

「――改宗《コンバート》か。それがよりよい信仰への道だといいのだが」

とノックスは応じた。男が口にしたたわごとの中で、唯一理解できる単語だった。

「それで？　きみはいったい私に何の用があって、この時代へやってきたのかね」

「私は未来の大学で、二十世紀の英米探偵小説を研究しています。ノックス司祭、あなたがお書きになった作品にもすべて目を通していますが、その中にどうしても解けない謎があるのです。まさに今、あなたが書いている序文の中の一節なのですが」

「私の序文？」

ノックスはデスクの上のタイプ原稿に目をやって、

「きみはこの原稿の内容を知っているというのか？」

「はい。たぶんあなた以上に、その内容に通じていると思います。あなたが記した十戒を元に、博士論文を書いたほどですから。（1）犯人は小説の冒頭あたりですでに登場していること、ただし読者が簡単に心を読めるような人物であってはならない。(2)言うまでもないことだが、あらゆる超自然現象の類はいっさい排除すべし。(3)秘密の部屋や通路は複数存在してはならない。(4)未発見の毒物や最終章でくどくどしい科学的解説を要する装置や設備は使ってはならない。問題となるのは、次のルールです……」

ノックスは驚愕《きょうがく》した。いま書いたばかりの序文の内容は、自分以外には知りえないはずである。だが、彼はその文章を一字一句正確に暗記している。

この男は妄想に取り憑《つ》かれているのではなく、真実を告げているのではないか？　一瞬、ノックスの脳裏をそのような怖るべき考えが占めた。だが、男の次の言葉を聞いて、それが杞憂《きゆう》であることがわかった。彼はこう言った。

「(5)探偵小説には、中国人を登場させてはならない」

「残念だが、ミスター・チンルゥ。私はそういう理不尽なルールを定めた覚えはない。五番目のルールはこうだよ。(5)物語の中心となる事件は、マフィア、秘密結社、国際陰謀団といった集団の組織的犯行であってはならない」

「まさか！」

と男は叫んだ。そして、デスクの上のタイプ原稿をわしづかみにすると、食い入るような目つきで該当の箇所を読んだ。

「――本当だ。ここには中国人について、ひとことも書かれていない。ということは

――マオ教授の仮説はまちがっていた！　やはり世界は二つに分岐してしまったのだ！」

　男は原稿を手放して、がっくりとその場に膝《ひざ》をついた。

　彼が洩らした言葉は相変わらず意味不明だが、その落胆ぶりは本物で、傍《はた》で見ていても憐《あわ》れみを覚えるほどだった。

「きみの話はさっぱりわからないことだらけだ。差し支えなければ、私の原稿のどこに問題があるのか、具体的に説明してくれないか？」

　ノックスが肩に手を置いて促すと、若い中国人はおもむろに顔を上げた。切れ長の目の縁に涙がたまっている。

「原稿そのものが問題なのではありません。私は迷子になってしまったのです。ここは、私の目指している目的地ではなかった。よく似ているけれど、私の知っている過去とはまったくちがう、別の世界だということがわかりました。要するに、私は二度とふたたび、元の世界に戻れなくなったということです」

　ノックスは不同意のしぐさをして、暖炉の前に置かれたテレタイプのような機械装置に目を向けた。先ほどからずっと、ラジオの空電を思わせる雑音を発しながら、赤いランプが点滅を繰り返している。

「だが、きみはその装置を使って、故郷への帰り道を確保したのではないかね。機械は正常に機能しているようで、故障したわけでもなさそうだが」

男は目の縁を拭うと、何か話し出そうとするように息を吸い込んだ。しかし、じきにその顔にあきらめの表情が浮かび、ため息をつきながら首を横に振る。

「――説明しても、理解してはもらえないでしょう。あなたがアインシュタインの相対性理論や、ハイゼンベルクの不確定性原理について熟知しているのでなければ」

男の返事に、ノックスは思わず眉《まゆ》をひそめた。

彼がチャプレンを務めるオックスフォード大学の学生の間で、現代物理学の最新の成果が議論の的になっていることは知っている。だが、カトリックの護教者として論陣を張るノックスは、科学者たちが繰り広げる突飛な学説を真面目に受け取ってはいなかった。計算の帳尻《ちょうじり》を合わせるために時空が伸びたり縮んだりするとか、あらゆる物質の基礎がサイコロ博打《ばくち》のような偶然によって構成されているなどと主張するのは、造物主に対する身の程知らずな冒瀆《ぼうとく》でしかないからだ。

ノックスは言葉に詰まり、二人の間に気まずい沈黙が訪れる。

沈黙を破ったのは、暖炉の前の機械装置だった。装置はかん高い笛のような音を発し、点滅していた赤いランプが緑色に変わる。

「何が起こったのだ、ミスター・チンルウ？」

「特異点のコンバートが終了した合図です。じきに未来へ通じる裂け目が開きます――その先に待っているのは、もはや私の知らない世界のはずですが」

暖炉の周りがまた陽炎のように揺れ、真っ黒な裂け目が出現した。若い中国人は身じろぎもせず、魂の抜けたような目つきでその光景を見ている。

ノックスは胸の痛みを感じた。そして、男を叱咤《しった》した。

「何をしている！　その裂け目は、短時間しか保《も》たないのだろう？　早く帰り支度を整えて、自分の属していた世界に戻りたまえ」

「ですが、ノックス司祭、すでにこの世界は――」

「言うことを聞きなさい、迷える若者よ」

ノックスは男をさえぎって、説得を続ける。

「私は物理学に関しては門外漢だが、世界はそうやすやすと枝分かれするようなものではない。神の創りたもうたこの宇宙が、いかに不条理に満ち満ちているように見えても、私はそれが、人間の知識など及びもつかない、完全な調和によって保たれていることを知っている。だからきみも迷いを捨てて、今すぐ自分の属する世界に戻るのだ」

脱ぎ捨てられたヘルメットを拾い上げ、男に手渡した。それでもまだ躊躇《ちゅうちょ》している相手を勇気づけるため、ノックスは迷わず十字を切った。

「ミスター・チンルウ。父と子と聖霊の御名《みな》において、汝《なんじ》に祝福を与える。汝の前に開いた道が、真実の故郷にたどり着かんことを」

若い中国人は目を見開いて、抱擁と接吻《せっぷん》を受けた。その瞳が意志の光を取り戻す。

「あなたの導きに感謝します、ノックス神父《ファーザー・ノックス》」

そう告げると、彼はヘルメットをかぶり、暖炉の前の機械装置を手早く回収した。その間にも、裂け目の状態は見るからに不安定になっている。

「もう消えかけている。急ぎなさい」

とノックスが叫ぶ。若い中国人は東洋風の別れのしぐさをしてから、踵《きびす》を返して暗い深淵に向かって飛び込んだ。彼の姿が吸い込まれるのとほとんど同時に、裂け目は大きく身震いして、そのまま影も形もなくなった。


今のは悪い夢か、それとも一時的な幻覚ではなかったか？

ノックスは半信半疑の思いで、タイプライターの前に戻った。最後のパラグラフで執筆を中断された原稿が、キャリッジにはさまったままだ。

序文の原稿は、今日中に出版社に届ける約束になっている。とにかく、これを仕上げてしまわなければ。ノックスはあらためてキーボードに指を置き、続きの文章を書こうとしたが、先ほどの中国人青年との会話がどうしても頭を離れない。

「――よりによって、タイムマシンとは！」

ノックスは声に出して、そうつぶやいた。奇妙な機械装置や裂け目の出現は、断じて舞台奇術めいたトリックの仕掛けではなかったし、ユアン・チンルウと名乗った青年も、けっして自分を騙《だま》そうとしているようには見えなかったが……。だとしてもやはり、未来からの時間旅行者などというたわごとを、真に受けることはできない。百三十年後の科学技術がどれほど進歩を遂げていようとも、タイムマシンなどという発明は、物語の中でしか存在を許されない、空想の産物のはずである。

だが、ノックスにとって何より皮肉に感じられたのは、その出来事が、探偵小説のフェアプレイを論ずる原稿を執筆している最中に起こったということだった。もし未来の人類が本当にタイムマシンを発明したら、誰も探偵小説の謎解きなどには振り向かなくなってしまうだろう。どんなに謎めいた犯罪が発生したところで、警察は事件の起こった時間まで逆戻りして、犯人を現行犯で捕らえることができるからだ。

いや、それぐらいならまだ罪は軽い、とノックスは考えた。

もし犯人がタイムマシンを使いこなせば、アリバイや密室、どんな不可能犯罪だって思いのままだ。探偵が事件の真相を見破った後でも、過去に戻っていくらでも現場の状況や手がかりを作り替えることができる。そのような万能の道具——機械仕掛けの神《デウス・エクス・マキナ》を用いることが、フェアプレイの名に値するだろうか？

ノックスは十戒の内容を書き直す必要を感じて、ひとしきり原稿を読み返した。しばらく考えた後、ペンを取って、四番目の項目に次のような注記を書き加える。

（4）未発見の毒物や最終章でくどくどしい科学的解説を要する装置や設備は使ってはならない。とりわけ、H・G・ウェルズ氏が考案したタイムマシンのごとき装置の使用は（たとえそれが遠い将来、実現可能な技術だとしても）、絶対に禁じられるべきである。

いや、これはだめだ。ノックスは手書きの文章をすぐに消した。こんなルールを活字にしたら、読者の笑いものになってしまう。それだけならまだしも、H・G・ウェルズ氏を筆頭とする科学万能主義者たちに付け入る隙を与えかねない。カトリックの護教者として彼らに立ち向かう者が、たとえ冗談であっても、タイムマシンの存在を認めるようなことを書いてはならないのだ。

では、どうすればいい？

不意にひとつの着想が浮かんで、ノックスはほくそ笑んだ。彼の前に現れた青年は、自分が時間旅行者の第一号だと言っていた。その言葉が真実なら、タイムマシンを発明するのは、未来の中国人ということになる。だとしても、時間旅行という魔法の技術を手に入れた者は、よほどのことがなければその秘密を公開しないだろう。

ということは、ある程度の時間が経過するまで、タイムマシン装置を利用できるのは、未来の中国人に限られるにちがいない——十戒の五番目のルールについて、チンルウ青年は何と言っていた？

ひねくれたユーモアの感覚が、その着想を後押しした。マフィアや秘密結社、国際陰謀団に関するルールは十戒からはずし、一般論として序文の前半で触れることにしよう。ノックスはまっさらな紙をキャリッジにはさむと、空席となった五番目の項目を埋めるため、思いついたばかりの新しいルールを次のようにタイプした。

（5）「探偵小説には、中国人を登場させてはならない」

その根拠は定かではないが、おそらく「中国人は頭脳に関しては知識を身につけすぎるが、道徳の点になるとさっぱり身についていない」という西洋に古くから伝わる臆説のせいかもしれない。実際に調べてみた結果申し上げたいことは、本を開いてみて、「チン・ルウの切れ長の目」などという記述が目にとまったなら、ただちにその本を閉じるのが得策だ、ということである。それは、まず駄作と考えてよい。思いあたる限り、駄作でなかったのは（他にも何冊かあるかも知れないが）、アーネスト・ハミルトン卿の『メムワスの四つの悲劇』のみである。

# 引き立て役倶楽部の陰謀

## 1　ワトスン博士からの手紙

一九三九年の七月、わたしは南アメリカにある農場を離れ、数日間の滞在予定で、イギリスへ戻っていた。

滞在が長引いていたら、帰りの航海は危険なものになっていたかもしれない。わたしを乗せたリベルタ号がイングランド南部のプール港に入港したのは、ヒトラーとスターリンが独ソ不可侵条約を締結する一か月前のことだったからである。

読者もよくご存じのように、それからまもなく、わが祖国はナチス・ドイツに宣戦布告し、二度目の世界大戦が勃発《ぼっぱつ》することになるのだが……。

しかし、リベルタ号のタラップを下りて、久しぶりに故国の土を踏んだその瞬間にも、わたしの頭の中は愛国心やアドルフ・ヒトラーへの敵愾心《てきがいしん》などとは無縁の、もっとプライベートな問題で占められていた。緊迫したヨーロッパ情勢よりもはるかに気がかりで、取り扱いのむずかしい悩みごとを抱えていたのである。ブエノスアイレスを発《た》ってからというもの、その問題は片時もわたしの心を離れなかった。

ふだんのわたしなら、船を下りたその足でロンドンへ直行し、旧友のフラットを訪ねていただろう。どんなにやっかいな事件を抱えていようと、エルキュール・ポアロはわたしを熱烈に歓迎し、親身になって相談に乗ってくれたにちがいない。だが、今回に限っては彼の灰色の脳細胞に頼ることのできない、やむにやまれぬ事情があったのだ！ 偽名で予約したボーンマスのホテルに投宿し、荷をほどいた。使いこんですっかり傷だらけになったトランクには、旅行用の荷物一式のほかに、刊行前の小説の校正刷りの束と、ロンドン市内からわたしの農場へ届いた一通の手紙が入っている。

わたしをイギリスへ呼び寄せた手紙には、こう書かれていた。

「親愛なるアーサー・ヘイスティングズ大尉

〈引き立て役倶楽部《クラブ》〉の会長権限にもとづき、きたる七月×日、ドーセットの倶楽部の別荘にて、緊急理事会を招集する。議題は『A・Cの処遇について』——このイニシャルが誰を指しているか、説明する必要はなかろう。倶楽部の常任理事であると同時に、最大の利害関係者である貴君には、どうしても出席してもらわねばならない。

今回の会合は、限られた有志会員のみで行われる。アメリカ支部の代表として、ヴァン・ダイン弁護士（彼が議案の提出者だ）と、アーチー・グッドウィン氏の出席が予定されていることを伝えておこう。急な話で申し訳ないが、議題の重要性と緊急性にかんがみて、貴君の欠席は認められない。南米からの往復の渡航費用に関しては、今回限りの特別措置として、倶楽部の会計から支出することが決定ずみだ。

議事資料として、さる筋より入手した文書を同封する。今年の秋、コリンズ社から出版されるA・Cの新作の校正刷りだ。この原稿を読めば、彼女が十三年前にわが倶楽部と結んだ〈協定〉を反故《ほご》にし、われわれの存在意義を無に帰そうとしていることが、貴君の目にも明らかになると思う。由々しき事態が目前に迫っているのだ！　オーギュスト・デュパンと彼の友人が種をまき、シャーロック・ホームズとわたしが育てた輝かしい伝統を絶やさないために、彼女の思い上がった暴挙を食い止めなければならない。

いかなる事情があろうとも、当該期日に倶楽部の別荘へ出頭すること。これは会長命令である。この集まりには、貴君の地位だけでなく、〈引き立て役倶楽部〉の存続と探偵小説の未来がかかっている。われわれには、チェンバレン首相のごとき宥和《ゆうわ》政策でお茶を濁している余裕はない。

〈引き立て役倶楽部〉会長
ジョン・H・ワトスン博士

追伸――この会合に関しては、くれぐれも秘密を厳守されたし。貴君の旧友であるエルキュール・ポアロ氏にも、今回の訪英について知らせてはならない」

手紙を受け取った翌日、わたしは大急ぎで旅支度をととのえ、イギリス行きの定期船に飛び乗った。船旅に要する日にちを数えると、指定された期日に間に合う便はそれしかなかったのだ。ワトスン老の指示を守って、妻にも急な渡英の理由は明かさず、ポアロに呼ばれたということにしておいた。

リベルタ号の船室で、わたしは同封された校正刷り――『テン・リトル・ニガーズ』という題名がついていた――を読んだ。U・N・オーエンと名乗る謎の人物の招待で、デヴォンの沖合にある孤島の屋敷に集められた十人の男女が、古い子守唄《うた》の歌詞通りに次々と殺されていくという筋立ての長編である。

読み始めてすぐに、わたしは物語に引きこまれた。マザーグースの不吉な歌詞と連続殺人の照応がもたらす異様な緊張と興奮に、紙をめくる手が止まらず、時間がたつのも忘れて読みふけった。ワトスン老からの穏やかならざる手紙、そして周りを海に囲まれた船の中という逃げ場のない環境が、孤島に足止めされ、なすすべもなく命を奪われていく被害者たちへの感情移入に拍車をかけていたのかもしれない。

相次ぐ惨劇は予想だにしなかった場面で幕を閉じ、いっそう謎の深まるエピローグに差しかかるや、わたしも作中の副警視総監と同じように、

「しかし、そんなことは信じられない！」

と口走ってしまったほどである。

背筋が粟立《あわだ》つような真犯人の告白を読み終え、すべての謎が合理的に解き明かされた後も、しばらくは茫然自失《ぼうぜんじしつ》の状態だった。A・Cの新作が読者の心をつかんで離さない、

スリラーの一級品であることはまちがいないと、わたしは思った。

だが、頭の片隅にはこうささやく声もあった——読者に対してフェアな記述と適切な手がかりを提供しなければならない、純正の探偵小説としてはいかがなものか？　いくつか腑《ふ》に落ちない点があったため、わたしはあらためて校正刷りを読み直すことにした。今度はささいな矛盾も見逃さぬよう、ひとつひとつの文章にたっぷりと時間をかけて。

わたしの思慮は浅かった。

結末を知ったうえで再読すると、作者があらゆる細部にわたって、大胆かつ慎重に言葉を選び、フェアな記述を心がけていることを思い知らされた。腑に落ちないと感じた箇所はどれも、わたしが勝手にそう思いこんでしまっただけで、文字通りに読めば何ひとつ嘘や筋の通らないことは書かれていない。A・Cが駆使する驚くべき語りのテクニックを目の当たりにして、最初に読んだ時より打ちのめされた。完全に脱帽である。わたしのような読者が考えることなど、彼女にはすべてお見通しなのだ。

A・C——いや、これ以上作者の名を伏せても、意味はないだろう。

校正刷りには、アガサ・クリスティの名前が記されていた。『スタイルズ荘の怪事件』を皮切りに、エルキュール・ポアロとわたしが遭遇した数々の犯罪事件の記録を小説化してきた女性であることはいうまでもない。

彼女はこの新作で、探偵小説の技術的な水準を誰にも真似できない高みに引き上げてしまったのである。その一方で、ワトスン老がわたしへの手紙に「由々しき事態」「思い上がった暴挙」と記さずにいられなかった理由も痛いほど理解できた。

『テン・リトル・ニガーズ』は、使用人夫婦の妻を除く登場人物全員の視点から描かれた三人称の小説で、その中には当然、犯人の心理を描写する場面も含まれている。にもかかわらず、ほとんどの読者はわたしと同様に、犯人を見破れないだろう。綿密に計算された構成と二重の意味を持つ巧みな言い回しによって、こちらが気づかないうちに誤った先入観を植えつけられ、目の前にある真実が見えなくなってしまうためである。

作中の犯人が用いるトリックとは別の次元で、登場人物の頭越しに、作者が読者に対して直接トリックを仕掛けているといってもいい。三人称の地の文にいっさい虚偽の記述を交えず、十分にフェアな手がかりを与えながら、容易に尻尾《しっぽ》をつかませないクリスティ女史の語りのテクニックは、明らかにこれまでの探偵小説の常識からはみ出していた。

ヴィクトリア朝的な騎士道精神をよしとするワトスン老は、そういう手口を公明正大とは認めないだろう。わたしもどちらかといえば古いタイプの人間なので、彼の考えそうなことはわかる。小説の叙述そのものに仕掛けられた周到な技巧を、闇夜のだまし討ち同然の卑劣な行為と見なしているはずだ。そして、あの杓子《しゃくし》定規なアメリカ人弁護士が、ここぞとばかりに会長の怒りを煽《あお》ったにちがいない！

気がかりなことは、それだけではなかった。

『テン・リトル・ニガーズ』には、わたしはもちろん、エルキュール・ポアロも登場しない。あざやかな推理で謎を解決する名探偵も、彼を補佐するワトスン役の語り手も姿を見せず、事件の真相は犯人の告白によって明かされるのみ。それでもこの小説が立派な探偵小説の条件を満たしているのは、すでに記した通りである。クリスティ女史は作者と読者がじかに対峙《たいじ》する、新しいタイプの探偵小説を創造したといえよう。探偵とワトスンの一人二役を演じるのは、読者にほかならないのだから……。

同時にそれは、名探偵とその助手のパートナーシップを不動の礎とする〈引き立て役倶楽部〉への新たな宣戦布告でもあった。彼女のたぐいまれな筆力と進取の精神は、われわれの存在が探偵小説にとって欠かせないものでなく、むしろ時代遅れの骨董《こっとう》品になりかけているということを、白日の下にさらしてしまったのである。

## 2　〈引き立て役倶楽部〉

あくる日、わたしは午前中にボーンマスでちょっとした用事を片付けてから、汽車とタクシーを乗り継いで、〈引き立て役倶楽部〉の別荘がある村へ向かった。ドーチェスターの北西数マイル、美しい田園地帯に囲まれた緑したたる荘園のひとつである。

よく晴れた日で、陽射しは照りつけるほどでもなく、のどかで暖かい昼下がりだった。風に揺れる金色の麦の穂、呑気《のんき》そうに草をはんでいる羊の群れ、道端に積み上げられたまぐさの山。一年の大半を南半球、アルゼンチンの農場で過ごしている在外英国人にとっては、どれを取っても心をなごませる懐かしい風景だ。ほんのつかの間、胸中にわだかまる不安を追い払って、わたしはイングランドの夏を満喫した。

クラブハウスに着いたのは、午後二時すこし前だった。

「ようこそいらっしゃいました、ヘイスティングズさま」

呼び鈴に応《こた》えてドアを開けたのは、マーヴィン・バンター。言わずと知れたピーター・ウィムジー卿《きょう》の従僕で、〈引き立て役倶楽部〉の正式なメンバーである。

「やあ、バンター。きみも呼ばれていたのか」

「さようでございます。お帽子とお荷物を」

わたしは上着のポケットの中を確認してから、帽子とトランクを預けた。バンターはわたしと同じ常任理事で、ほかの会員からも一目置かれているのだが、倶楽部の集まりでは一歩引いて、給仕か使用人のようにふるまうのが常だった。

「ピーター卿は結婚して父親になられたそうだが、以前と変わらずご活躍かね?」

「いえ、ご子息が誕生されてからというもの、御前さまは育児の魅力に取りつかれ、犯罪捜査への情熱が薄れてしまったようでございます。義理の弟のパーカー警部から助力を乞《こ》われても、なかなか関心をお示しになりません」

バンターの返事はいささか物足りなそうだった。しかし、平穏な日々はそういつまでも続くまい。いずれドイツとの対決が避けられなくなれば、陸軍情報部や外務省がピーター卿のような人物を遊ばせておくはずがないからだ。

「じきにまた忙しくなるさ、バンター。それより、今日の議題が心配だ。お歴々が性急な結論に飛びつかなければいいんだが……。メンバーは勢ぞろいしているのかね」

「皆さま、談話室でお待ちかねでございます」

「出席者の顔ぶれは？」

「会長のジョン・H・ワトスン博士と、議長のクリストファー・ジャーヴィス博士。幹事のハロルド・メリフィールドさまと、書記のライオネル・タウンゼンドさま。それにアメリカからおいでになったヴァン・ダイン弁護士と、アーチー・グッドウィンさま。財務委員のジュリアス・リカードさまは、ここしばらく体調を崩しているそうで、本日はご欠席とのお返事でした。リカードさまからは、委任状を受け取っております」

「――ムッシュ・リカルドは欠席か」

その知らせを聞いて、ますます気が重くなった。

引退した実業家のジュリアス・リカードは、ワトスン会長やジャーヴィス議長に次ぐ倶楽部の重鎮だ。パリ警視庁の名探偵ガブリエル・アノーの親友で、フランス風にムッシュ・リカルドと呼ばれるのを好む。社交的なディレッタントとして知られ、人間味にあふれた広い心の持ち主であることから、多くの会員の信頼を集めていた。

ムッシュ・リカルドによれば、アノー探偵とわが友ポアロの性格には、プライドの高さや辛辣《しんらつ》なエスプリのセンスなど、いろいろと似通ったところがあるらしい。そのせいだろう、まだ新入会員だった頃から、彼にはずいぶん目をかけてもらった。倶楽部の中でわたしが気まずい立場に立たされると、決まってムッシュ・リカルドが救いの手を差し伸べてくれたものである。だから今日の集まりでも、わたしの意見を尊重して、倶楽部の方針が強硬論に傾きすぎないよう、良識という名の歯止めをかけてくれるにちがいない。そう期待していたのだった。

頼りにしていたムッシュ・リカルドが不在となれば、わたしの立場はいっそう厳しいものになる。談話室へ向かいながら、あらためて出席者の顔ぶれを検討した。手紙の文面から察するに、ワトスン老とヴァン・ダインは、実力行使も辞さない強硬論で意見がまとまっているはずだ。メリフィールドとグッドウィンは態度を決めかねているだろうし、ジャーヴィス博士は議長だから、中立の立場をくずせない。バンターはわたしの味方になってくれるとして、腹が読めないのはライオネル・タウンゼンドである。

「――タウンゼンドさまには、気を許してはならないかと存じます」

わたしの心の中を読んだように、バンターが小声で告げた。

「わたくしも、あの方が立派な紳士だとは思っておりませんので」

「それもこれも、フィリップ・トレントの小僧のせいだ！」

バンターが談話室の扉を開けると同時に、ワトスン老の罵声《ばせい》が耳に飛びこんだ。だいぶ聞こし召しているらしく、たるんだ目のふちがピンク色に染まっている。

「わしは今でもあいつのことを許しておらん。あの鼻持ちならない二流の画家が、おのれの分もわきまえず、新時代の名探偵を気取って余計なことをするから――」

「でも、彼はしくじりましたよ」タウンゼンドがすかさず口をはさんだ。「所詮《しょせん》は色恋に目がくらんで、大失態を演じた道化です」

「だとしてもだ。あの男のスタンドプレイこそ、諸悪の根源にほかならん。トレントという悪しき前例によって、われわれの役割が軽視されるようになったのだから。よりによって名探偵を名乗る者が、おのれの胸の内を読者に向かってひけらかすとは！」

あきれたように首を振ってから、ワトスン老はようやくわたしに気づいた。

「やあ、ヘイスティングズ君。朝からずっと、きみの到着を待ちかねておったよ。はるばる遠くから、よく来てくれた」

「あなたの席はそちらですよ、大尉」

　わたしの返事も待たずに、タウンゼンドがなれなれしい口調で指図した。

ライオネル・タウンゼンドは新人に毛が生えたような探偵小説家で、ブラクサム署のウィリアム・ビーフ巡査部長の伝記作家と称している。おべっか使いのタウンゼンドは、倶楽部に入会して三年目の新参メンバーであるにもかかわらず、長老格の会員にうまいこと取り入って、異例の早さで書記の地位を手に入れていた。

　率直に言って、わたしはタウンゼンドに好意を持っていない。というのも、ビーフ巡査部長が初めて名探偵として認められたサーストン家の事件を小説化する際、タウンゼンドは事実を大幅に脚色し、わが友ポアロの名声に傷をつけようとしたことがあるからだ。ビーフの能力をかさ上げするため、ポアロをだしに使ったといってもいい。

待たせたことを一同に詫《わ》びてから、わたしが席に着くと、バンターは表情を消して、慎ましく部屋の隅に退いた。同じサーストン家の事件で、ビーフ巡査部長とタウンゼンドのコンビは、ピーター卿に対しても失礼なふるまいをしている。バンターがその時のことを忘れていないのは、談話室に入る前に洩《も》らした言葉からも明らかだった。

「フィリップ・トレントがどうしたですって?」

会話の流れをつかむため、隣席のハロルド・メリフィールドに聞いてみた。メリフィールドは、科学的なトリックを見破ることにかけては右に出る者のない天才肌の数学者、ランスロット・プリーストリー博士の秘書だ。ある事件で博士に無実の罪を晴らしてもらったのをきっかけに秘書として雇われ、十五年近くたった今では、ほとんど実の親子同然の間柄だという。控えめで堅実な性格ゆえ、あまり目立つことはないけれど、実務の手腕を買われて倶楽部の幹事を務めていた。

「今日の議題に入る前に、昨今の探偵小説界の情勢を分析していたところです」

メリフィールドは彼らしい几帳面《きちょうめん》な態度で応じた。その説明では足りないというようにワトスン老が身を乗り出し、酒臭い息で熱弁をふるい始める。

「われわれを排除しようとする勢力のことだよ、ヘイスティングズ君! 昔はよかった。名探偵の活躍は、必ず無二の親友の手記を通して、読者の許《もと》へ届けられたものだ。超人的な頭脳の持ち主には、彼と行動を共にする常識人のパートナー、すなわち読者が共感できる語り手が欠かせない。孤立したむき出しの知性ほど、味気ないものはないからだ。わしやデュパンの友人のような引き立て役が間に入るからこそ、読者は不可解な謎に頭を悩ませ、名探偵の披露する驚くべき推理に心から喝采《かっさい》を送ることができる。それがどうだ。近頃の連中ときたら、ワトスン方式は古臭い、時代遅れだなどと抜かして、探偵小説の世界からわれわれの影響力を一掃しようと躍起になっている。悪しき反伝統主義、モダニズムの弊害だ。しかもそういう風潮に便乗して、今やスコットランド・ヤードでも、名探偵気取りの警官が増えているというじゃないか。レストレイドやグレグスンの後輩どもが、ホームズと肩を並べるようなふるまいをするなど、思い上がりも甚だしい！」

「――それはビーフ巡査部長のことでしょうか？」

タウンゼンドがワトスン老の顔色をうかがいながら、おそるおそる口出しした。

「ですが、念のため申し添えておくと、彼はヤードの警官ではありませんし、すでにブラクサム署を退職し、私立探偵として独立したばかりです」

「見苦しいぞ、タウンゼンド。宣伝はよそでやってくれ」

一喝したのは、倶楽部の議長を務めるクリストファー・ジャーヴィス博士。科学捜査と法医学の権威として名高いジョン・ソーンダイク博士の友人で、ワトスン老と並ぶ〈引き立て役倶楽部〉の最長老会員である。ただし、とうに一線を退いて隠居生活の長いワトスン会長が、会うたびに気むずかしくなり、被害妄想ばかり募らせているのに対して、ジャーヴィス博士はまだ現役、頭の働きも鈍ってはいなかった。ソーンダイク博士とのパートナーシップも健在で、時代の波に取り残されてはいなかった。

「きみが腐しているのは、フレンチ警部のことかね？」

ジャーヴィス博士の問いに、ワトスン老は首を横に振って、

「いや、彼のことは怖れるに足りん。努力型の凡人で、自分の限界をわきまえているからな。ヤードの警官の中では、ましな方だ」

「フレンチ夫人は〈引き立て役倶楽部〉の婦人部に加わっていますね」幹事のメリフィールドが名簿をチェックしながら言った。「奥ゆかしい女性で、倶楽部の集まりにはほとんど顔を出していませんが、会則に背いたという記録はありません」

「フレンチでなければ、ロデリック・アレンか？　だが、アレン主任警部を名探偵の座に押し上げたのは、新聞記者のナイジェル・バスゲイトだ。バスゲイトが〈引き立て役倶楽部〉の正会員であることを忘れてはいまいな、ワトスン」

ジャーヴィス博士の冷静な指摘に、一瞬ひるんで、目が泳ぎそうになったが、ワトスン老は会長の威厳を失うまいとするように、

「わ、忘れてなどおらんぞ！　ホームズに比べればアレンなど数にも入らんが、あれは准男爵の弟だ。毛並みがちがうから、多少のことなら目をつぶる」

「家柄で特別扱いか。アレンでもなければ、ほかに誰がいる？」

「アプルビイという名の若僧だ」

よほど腹に据えかねているのか、ワトスン老はいまいましそうに舌を打ち、

「大学出を鼻にかけた、我慢ならない俗物でね。まだ駆け出しだが、あいつは要注意人物だ。政界にコネがあるうえに、なまじ頭が切れるから始末に負えない。野放しにしておくと、〈引き立て役倶楽部〉どころか、探偵小説そのものまでお笑いぐさにしかねんぞ」

「アプルビイなら、倶楽部のエージェントを送ったはずだ」とジャーヴィス博士。「オックスフォードの英文学教授で、ジャイルズ・ゴットという名の――」

「アプルビイは彼をお払い箱にしました」とタウンゼンドが注進する。「ゴットが介入できたのは、『学長の死』事件と『ハムレット復讐《ふくしゅう》せよ』事件の二つきりで、ワトスン会長の危惧《きぐ》する通り、それ以降は勝手気ままなワンマン捜査のやりたい放題です。あろうことか、スコットランドのエルカニー城主が墜落死した事件では、アプルビイ自身が関係者に交じって、みずから報告書と称する手記をしたためている。身の程知らずの警官が、すっかりウィルキー・コリンズ気取りですよ！」

タウンゼンドの見えすいた追従に、わたしは不快感を新たにした。いや、これは単なる不快感ではない。自分の中にあるもっとも愚かな一面を、拡大鏡を通してむりやり見せつけられているような、自己嫌悪に近い居たたまれなさである。

わたしは飲み物を取るふりをして、タウンゼンドから目をそらした。

だが、そらした視線の先には、タウンゼンド以上に警戒しなければならない男の顔が

あった。ずっとそこにいたはずなのに、今まで目に入らなかったのは、空気のように気配を消して、背景に溶けこんでいたせいだろう。

冷ややかに見下すような目つきで、わたしの表情をうかがっていたのは、今日の議案の提出者だった——ニューヨークの弁護士ヴァン・ダイン。

## 3　危険思想

ヴァン・ダイン弁護士は、ファイロ・ヴァンスという名のハッタリ屋の友人をアメリカ随一の名探偵に仕立て上げ、本の印税と映画化権料で大儲《おおもう》けした人物だ。ヴァンス探偵の芝居がかった言動と蘊蓄《うんちく》をひけらかす悪癖は、大衆的な人気を得るために、すべてこの弁護士が振りつけたものだろうと、わたしはにらんでいる。

作品の中では影の薄い、無個性な語り手のふりをしているけれど、実際の彼はもっと自己中心的で、山師めいたいかがわしい臭いをぷんぷんさせている。そのくせ、探偵小説に関してはごりごりの教条主義者で、杓子定規なルールを振りかざし、倶楽部の会員に対してもたびたび論争を挑んだ。そのため、彼を敬遠するメンバーはすくなくなかったが、ファイロ・ヴァンスの威光を笠《かさ》に着て、今も〈引き立て役倶楽部〉のアメリカ支部を牛耳っている。

わたしと目が合ったのを認めて、ヴァン・ダインは挑発的な笑みを浮かべた。死んだ獲物に近寄りながら、舌なめずりするハイエナの顔である。その笑みを消し、もったいぶったしぐさで一同を見回すと、おもむろに口を開いた。

「伝統ある倶楽部の本拠地イギリスで、引き立て役の美徳がすたれかけているとは、まったくもって嘆かわしい！　あなたがたが範を示してくれなければ、われわれアメリカ人も高い理想を維持することはかないません。英米の両国が互いに高め合ってこそ、アングロサクソン探偵小説のさらなる発展につながるものでしょうに」

「言葉を返すようだが、ヴァン・ダイン君。合衆国ではイギリス以上に卑俗な扇情主義が蔓延《まんえん》して、手のつけられない状況になっているのではないかね？　ガンマンもどきの探偵が、ギャング相手に拳骨《げんこつ》と拳銃《けんじゅう》を振り回して」

ジャーヴィス博士がやんわりとたしなめた。高所から見下ろすような物言いにかちんと来たらしい。ヴァン・ダインは他人事《ひとごと》のように眉《まゆ》をひそめて、

「ハードボイルド派の連中のことですな。お怒りはごもっともですが、あのような下賤《げせん》の輩《やから》どもと、わが友ファイロ・ヴァンスを一緒にしないでいただきたい。とはいえ、わが国の大衆が英国の読者ほど洗練されていないのも事実です。特にあの、コンチネンタル探偵社の調査員《オプ》のごとき、粗野で教養のない男がもてはやされるようでは」

「——彼を懐柔するために、倶楽部のエージェントを送ったのでは？」

わたしがさりげなく口をはさむと、ヴァン・ダインは顔をしかめて、

「そうとも。だが、あれは悲惨な失敗だった！　フィッツステファンという作家をスカ

ウトしてやつに張りつかせたのだが、その工作が裏目に出てしまってね。完全な人選ミスで、われわれの陣営は大きな痛手をこうむった。それ以来、ハードボイルド派の連中と〈引き立て役倶楽部〉の関係がこじれてしまったのだ」

「アメリカ支部では、失敗続きのようですね」今のうちにポイントを稼いでおこうと、わたしはさらに追い討ちをかけた。「ペイシェンス・サムという若い女性が、倶楽部の名簿に載っているのを見たことがありますが……」

「俳優上がりのドルリー・レーンが引き起こした不祥事のことだな。サム警部の令嬢にはずいぶん期待していたのに、かわいそうなことをした。ああいう形でワトスン役の任を解かれるとは、思ってもみなかったよ」

「会員数の確保もけっこうですが、あちこちに手を広げすぎでは？　こうトラブル続きだと、〈引き立て役倶楽部〉の評判まで下がってしまう。今は他人の台所にあれこれ首を突っこむより、自分の足場をしっかり固めるべきだと思いますが」

「それはわたしとヴァンスに対する当てこすりかね、ヘイスティングズ大尉？　だが、レーン探偵の不祥事に関して、われわれの側にいっさい落ち度はなかった。わたしひとりに責任を押しつけようとしても、きみの思い通りにはさせないよ」

「まあまあ、ご両人ともそう熱くならないで」

ヴァン・ダインとわたしの間に割って入ったのは、アーチー・グッドウィン。蘭の愛好家として知られる安楽椅子探偵ネロ・ウルフの助手で、アメリカ支部の青年部長を務めている。ウルフ探偵は美食家としても有名で、あまりにも体重が増えすぎたため、ニューヨークの自宅からほとんど外出せず、グッドウィン青年が口うるさい暴君ネロの手足となって、外回りを担当しているそうだ。頭脳と行動の完全分業制という、いかにもアメリカ的なパートナーシップの形である。

倶楽部では以前から、ウルフ探偵がシャーロック・ホームズの私生児だという噂がまことしやかにささやかれていた。その真偽は定かではないけれど、ワトスン会長が何かにつけてグッドウィン青年を贔屓《ひいき》しているのはたしかである。ヴァン・ダインが今回の会合に彼を随行させたのも、そこらへんを計算に入れてのことだろう。

もっともグッドウィン青年は、先行世代のヴァン・ダインほど偏った考えの持ち主ではなく、議論の流れしだいでは、こちらに理解を示してくれるかもしれない。ユーモアのセンスに富み、頭の回転の速いグッドウィンに対して、わたしは親しみを抱いていた。

「──ひとつ面白いネタがあるんですけどね」わたしに向かって軽くウィンクしながら、グッドウィンが話を続ける。「うちのボスがつかんだ情報によると、ドルリー・レーン作品の著作権を管理しているのは、エラリー・クイーンらしい」

それを聞いたとたん、ヴァン・ダインの目の色が変わった。

「リチャード・クイーン警視の小せがれが？　それは本当か」

「まちがいありません。うちのボスは、優秀な情報源を持ってますから」

「出版代理人の陰に隠れて、小賢《こざか》しい真似を」ヴァン・ダインはこぶしを握りしめた。

「クイーンのやつには、ずいぶん煮え湯を飲まされている。〈引き立て役倶楽部〉のアメリカ支部では、やつの本の序文を書いているJ・J・マックという人物に、何度も入会を求めた。ところが、そんな人間は実在しなかったんだ！」

「なぜそんな回りくどいことを？」とジャーヴィス博士。

「引き立て役の伝統に忠実なふりをして、われわれの目を欺くために。倶楽部からの抗議に対して、クイーンは平気な顔で、ワトスン役をないがしろにしたことはない、父親のクイーン警視がその役目を果たしている、とうそぶきました。しかし、肝心のクイーン警視は、公職に就いていることを理由に、倶楽部への入会を拒絶したのです……。やつらの魂胆は明らかだ。由緒ある引き立て役の存在を消し去って、愚鈍なアメリカの大衆にすり寄ろうとしている！　あれでは、ハードボイルド派の連中と選ぶところがない」

「そうあわてることはありませんよ」とグッドウィンがなだめた。「まだ才能あるクイーン氏が〈引き立て役倶楽部〉の敵対者だと決まったわけじゃない。レーン探偵でしくじった方法を、もう一度試してみる価値はあると思います。ここだけの話ですが、先日ニッキイ・ポーターという魅力的な女性をスカウトしましてね。ミス・ポーターをタイピストとして、クイーン氏の許へ送りこむプランを練っているところです」

ヴァン・ダインは気取ったしぐさで、あごひげをなでながら、

「それがうまく行けばいいが、魅力的な女性というのは気に入らないな。そもそも、探

偵小説に恋愛の要素を持ちこむことに、わたしは反対なのだから。なすべきは犯人を法廷の場に引き出すことであって、悩めるカップルの恋を成就させることではない……。おや、わたしの持論に異議がありそうな顔をしているね、ヘイスティングズ大尉」

「異議などありませんよ。探偵小説に関する見解は、人それぞれでしょう」

肩をすくめて応じると、ヴァン・ダインはいっそう毒のこもった口調で、

「人それぞれか──だが、それはきみ自身の考えだろうか？　わたしはそれこそ、アガサ・クリスティ女史に吹きこまれた危険思想ではないかと疑っているのだが」

たちの悪い言いがかりをつけられ、わたしは返答に詰まった。談話室の空気が、いっぺんにとげとげしくなる。ヴァン・ダインは余裕の笑みを見せつけながら、

「探偵小説界の情勢分析に関しては、もう十分でしょう。ここ数年、わが倶楽部の影響力が日増しに低下していることは、誰の目にも明らかです。先ほど会長がおっしゃったように、そもそもの元凶はフィリップ・トレントだったかもしれませんが、彼はすでに過去の人物です。むしろ目下の最大の脅威は、クリスティ女史の危険思想にほかならない。そろそろ、本日の議題に取りかかる頃合いではないでしょうか、ワトスン会長？」

「そのようだな。ジャーヴィス、議事の開始を宣言してくれ」

「言われなくても、自分の務めはわかっておるよ、ワトスン」

ジャーヴィス議長は居ずまいを正すと、大きく咳払《せきばら》いして、

「これより〈引き立て役倶楽部〉の緊急理事会を始める。偉大なるオーギュスト・デュ

パンと、語られざる彼の友人の名にかけて、われら引き立て役の名誉ある使命をまっとうすべく、真摯《しんし》かつ公明正大な議論の行われんことを。アーメン」

「アーメン」と全員が声をそろえる。

「重要案件につき、本会の議事録は非公開とする」ジャーヴィス議長が告げた。「この席での議論は、けっして外には漏らさぬように。では、ヴァン・ダイン君。議案の趣旨説明を行ってくれたまえ」

「承知しました、議長」

ヴァン・ダインは起立して、法廷に臨んでいるように一同の顔を見回してから、

「ここにお集まりの皆さんは、今から十三年前、アガサ・クリスティという名の女流作家が、伝統ある〈引き立て役倶楽部〉に対して、探偵小説史上最悪の侮辱を加えたことをよもやお忘れではありますまい。端的に申し上げるなら、われわれ引き立て役の権威が地に墜《お》ちてしまった最大の原因は、クリスティ女史が一九二六年に発表した『アクロイド殺し』と称する愚劣なペテン小説によるものであります」

「その書名を口にするのも汚らわしい」

ワトスン老が唾棄《だき》するように言った。

「あの本を読んだ時の屈辱を――わしは今でも――忘れておらん」

「皆さんもよくご存じの通り」ヴァン・ダインは朗々と続けた。「われわれ〈引き立て役倶楽部〉の有志は、即座にクリスティ女史に警告を発し、さらに十一日間におよぶ秘

密交渉の場を設けて、今後二度とあのようなペテンを用いないことを彼女に誓わせました。クリスティ女史との間で結ばれた〈協定〉は、わが倶楽部の正当な権利を保障する、神聖にして不可侵の誓約であります。にもかかわらず、彼女はわれわれとの約束を踏みにじり、十三年の時を経て、ふたたび〈引き立て役倶楽部〉に宣戦布告しようとしている！『テン・リトル・ニガーズ』と題された新作の校正刷りを読めば、クリスティ女史の邪悪な意図は、火を見るより明らかでしょう。あのような小説を出版させてはならない！もはや〈引き立て役倶楽部〉の名誉だけが問題ではないのです。彼女は探偵小説のルールと形式を土台から転覆させ、その未来をいまわしい方向へねじ曲げようとしている。探偵小説という文学ジャンルの知的健全さを守り抜くために、われわれは一致団結して、彼女の危険思想を封じこめねばなりません――以上のような理由により、わたしは、アガサ・クリスティを探偵小説の世界から、即刻かつ永遠に抹殺することを提案いたします」

## 4　回想――〈ビッグ4〉の陰謀

今を去ること十三年前、クリスティ女史が引き起こした十一日間におよぶ謎の失踪《しっそう》事件について、当時の新聞各紙は次のような事実を伝えている。

一九二六年十二月三日の夜、アガサ・クリスティ夫人はバークシャー州サニングデイルの自宅(彼女のデビュー作にちなんで、スタイルズ荘と呼ばれていた)から車で出かけ、そのまま行方不明になった。あくる四日の早朝、サリー州ギルフォード近郊、ニューランズ・コーナーの道路から外れた藪《やぶ》の中で、彼女の愛車モーリス・カウリーが発見される。無人の車内には免許証やコート、靴、スーツケースなどの私物が残されており、事態を重く見たサリーの州警察は、アガサの失踪をマスコミに公表。著名作家失踪のニュースは、あっという間に英国全土に広まった。

警察は大がかりな捜査を行ったが、さしたる成果はなかった。新聞各紙は連日、アガサの写真をでかでかと紙面に掲げ、十二月七日にはデイリー・ニューズ紙が百ポンドの報奨金を約束して、読者に情報提供を呼びかける。イヴニング・ニューズ紙は「クリスティ夫人、日曜日の大捜索」を企画し、車が発見されたニューランズ・コーナー周辺には、のべ五千人ものボランティアが押し寄せたという。女流探偵小説家のドロシー・L・セイヤーズもこの大騒ぎに参加したけれど、遺体の捜索は完全な空振りに終わった。

最初のうち、警察はアガサの夫、アーチボルド(アーチー)・クリスティ大佐の犯行を疑っていたふしがある。当時、アーチーはナンシー・ニールという女性と不倫の関係にあり、結婚生活が破綻《はたん》に瀕《ひん》していたことが明らかになったからだ。夫の不倫を知ったアガサが、絶望のあまり自殺を図った可能性もあり、醜聞と批判を怖れたアーチーは、妻の発見につながる情報に五百ポンドの懸賞金をかける。殺人説、誘拐説、狂言説など、さまざまな臆測《おくそく》が新聞の紙面をにぎわせた。

失踪から十日が過ぎた十二月十三日、ヨークシャーの温泉保養地ハロゲイトのハイドロパシック・ホテルの楽団員たちが、妙なことに気づいた――「テレサ・ニール」という名前でホテルに滞在している女性客の風貌《ふうぼう》が、行方不明の作家の写真とそっくりなのだ。通報を受けた警察は、ただちにクリスティ大佐をハロゲイトに呼び寄せる。

あくる十四日の夜、ハイドロパシック・ホテルのロビーで妻と対面したアーチーは、彼女の無事を確認。群がる新聞記者を追い払うため、記者会見を開き、

「アガサは過労とストレスのせいで、完全な記憶喪失に陥っている」

とだけ伝えると、翌朝、妻とともにマンチェスターのアブニー・ホール(アガサの姉マッジとその夫ジェイムズ・ワッツの家)へ向かった。

その後、アガサはハーレィ街の精神科医の治療を受け、「ヒステリー性遁走《とんそう》」による記憶障害と診断される。一九二六年の早春に、母親のクララを亡くしたこと、アーチーとの結婚生活の破綻、さらにその年、コリンズ社から出版した『アクロイド殺し』が一部から酷評されたことなどが、ストレスの原因になったのではないかという。

――以上が失踪事件の顚末《てんまつ》として、公式に発表されている事柄だ。

わたしは当時の記憶を頼りに書いているけれど、新聞記事にくまなく目を通す必要があったので、日付や地名などに誤りはないはずである。全国的に過熱した報道合戦が、クリスティ女史のマスコミ嫌いに拍車をかけたことは想像にかたくない。

後日談として、あと二つ付け加えておこう。一九二八年四月、アガサとアーチーの間に離婚が成立した。それから二年後の一九三〇年、中近東の古代遺跡発掘隊に加わって、メソポタミアを旅行していたアガサは、十四歳年下の考古学者マックス・マローワン教授と知り合う。二人はその年の九月に挙式し、現在も幸福な結婚生活を送っている。

だが今に至るまで、失踪事件の真相はほとんど明らかになっていない。不可解な行動を取ったクリスティ女史の真意も、謎のヴェールで包み隠されたままである。

マスコミの報道に振り回されて一喜一憂した大衆が、すっきりしない結末に満足しなかったのは当然のことだろう。彼らは飽きることなく事件を蒸し返し、さまざまなお気に入りの推理に熱中し続けている。コリンズ社が仕掛けた『アクロイド殺し』の販売促進キャンペーンだとか、アーチーに妻殺しの汚名を着せるための手のこんだ芝居だとか、ひそかに夫の愛人をハロゲイトにおびき出し、自分を殺すように仕向けたとか……。

しかし、そうした臆測はすべてまちがっている。

彼女の失踪を仕組んだのは、〈引き立て役倶楽部〉なのだから。

アガサ・クリスティの誘拐を指揮したのは、当時の四人の大物たちである。

その顔ぶれは、ジョン・H・ワトスン博士、ヴァン・ダイン弁護士、ジュリアス・リカード、それにM・P・シール。英米仏露を代表する名探偵のパートナーが顔をそろえていたことから、倶楽部の会員は、彼らを〈ビッグ4〉と呼んでいた。

四人目のM・P・シールは、ヴィクトリア朝時代の伝説的名探偵プリンス・ザレスキーの親友で、倶楽部の古参会員のひとりだった――と過去形で記すのは、十年ほど前に彼が倶楽部を去り、すっかり音信が途絶えてしまったからである。安楽椅子探偵の先駆者として名を残すプリンス・ザレスキーは、もともと王位継承権を持つロシア貴族だったらしいが、不幸な恋に落ちて国を追われ、ウェールズ南東部の広壮な館で隠遁《いんとん》生活を送っていた。大変な碩学《せきがく》で、洞察力にすぐれ、シールが持ちこんだ難事件をたちどころに解決したという。

わたしの記憶では、シール自身もかなり風変わりな人物だった。西インド諸島出身の多才なジャーナリストで、まだ倶楽部の集まりに顔を出していた頃、彼が「レドンダ島の王フェリペ」と名乗るのを何度か耳にしたことがある。シールが倶楽部を退会した理由も、カリブ海に浮かぶ無人島、レドンダ王国の存在を世に広めるキャンペーンに専念するためだと聞かされたが、どこまで本気だったのかわからない。

〈ビッグ4〉の火つけ役は、四人の中で最年少のヴァン・ダインだった。一九二六年当時、ヴァン・ダインはまだ『ベンスン殺人事件』を出版したばかりの新入会員だったにもかかわらず、すでにアメリカ探偵文壇を支配する皇帝のようにふるまっていた。彼はずいぶん前から、クリスティ女史を目の敵にしていたらしい。わたしのことも最初から馬鹿にしていたようで、面と向かってずいぶん嫌みなことを言われたが、『アクロイド殺し』に対する口汚い罵《のの》りようと比べれば、まだしもおとなしいものだった。

ヴァン・ダインは倶楽部の緊急理事会で、クリスティ女史への弾劾演説を行った。〈引き立て役倶楽部〉に対する侮辱罪、読者に対する詐欺罪、なかんずく探偵小説形式そのものに対する冒瀆《ぼうとく》罪……と『アクロイド殺し』の罪状を列挙して、

「探偵小説界の規律と秩序を守るため、今すぐわれわれが行動しなければならない」

とぶち上げたのである。

あれほど熱のこもった弁論は、刑事事件の法廷でもめったにお目にかかれないだろう。特にワトスン会長は、すっかり毒気に当てられて、ヴァン・ダインの操り人形みたいになっていた。今ほどではないけれど、そろそろ老化の徴候が出始め、ひがみっぽい老人になりかけていた時期である。『アクロイド殺し』のトリックは、名探偵の引き立て役の代名詞となっていた彼のプライドに、回復不能なダメージを与えてしまったのだ。探偵小説の先行きに不安を覚え、パニックに陥ったのも無理からぬことだと思う。

パニックに陥ったのは、ワトスン老だけではない。〈引き立て役倶楽部〉そのものが、パンドラの箱が開かれたような騒ぎになっていた。合衆国でのケタちがいの成功が、ヴァン・ダインの言動に異様な熱気と迫力を与えていたのはたしかだとしても、ワトスン会長を始めとする倶楽部の有志会員がいとも簡単に彼の主張を受け容《い》れ、クリスティ女史の誘拐計画に飛びついたのは、『アクロイド殺し』が引き起こした集団ヒステリーに染まっていたせいではないだろうか。

もともと〈引き立て役倶楽部〉は、名探偵の助手や友人が集まる気楽な親睦《しんぼく》団体で、一九二〇年代半ばまでは、もっと牧歌的な雰囲気に包まれていた。探偵小説を取り巻く環境そのものが、現在より大らかでのんびりしていたといってもいい。

会員の顔ぶれも多士済々で、華やかだった。ブラウン神父の相棒だった元怪盗フランボウは、毎回とっぴな変装でわたしたちを驚かせてくれたし、盲人探偵マックス・カラドスの友人で、興信所を経営していたルイス・カーライルや、「隅の老人」の聞き役だった女性新聞記者ポリー・バートンといった先輩たちとの語らいは、それ自体が尽きることのない物語の宝庫で、どんな大当たり芝居に足を運ぶよりも、固唾《かたず》を呑《の》むようなスリルと人間性にまつわる教訓に満ちていた。『赤い館の秘密』事件を解決した素人《しろうと》探偵アントニー・ギリンガムの親友、ビル・ベヴリー青年とはずいぶん気が合って、会うたびにたわいない世間話に花を咲かせていた頃が懐かしい。

ところが、クリスティ女史の誘拐に手を染めてから、倶楽部の性格は一変した。引き立て役の伝統や探偵小説の健全化をお題目のように唱える、秘密結社めいた集団に変わってしまったのである。

会員の減少傾向に歯止めをかけ、影響力を維持するために、引き立て役を持たない名探偵の許へ、倶楽部のエージェントを送り始めたのもこの頃からだ。探偵小説界のご意見番だったロナルド・ノックス神父に圧力をかけ、ワトスン役の必要性を明文化するよう迫ったところ、逆に神父の怒りを買い、「探偵小説十戒」の中で痛烈なしっぺ返し

——「ワトスン役の知能は、読者の平均的知能より低くなければならない！」——を受けたこともある。ワトスン会長はこの時の恨みを忘れず、後に神父の後援者レディ・アクトンに働きかけて、彼を探偵小説界から排除した。そうした陰謀家体質の、ぎすぎすした雰囲気に嫌気がさし、倶楽部から距離を置くようになった会員もすくなくない。

そのような雰囲気を最初に持ちこんだのは、やはりヴァン・ダインだったと思う。しかし、今だからこそ言えることだが、ヴァン・ダインのカリスマ的影響力は、流行性感冒のように一過性のものだった。むしろ彼は、それ以前から〈引き立て役倶楽部〉のメンバーが漠然と感じていた不安を、目に見える形に変えただけではないか。だとすれば『アクロイド殺し』という作品も、たまたま目に見える形で現れた、ひとつのきっかけにすぎなかったのかもしれない。たぶんその頃から、探偵小説は新しい時代に見合った、新しいスタイルを模索し始めていたのだ……。

## 5 回想（つづき）

話が先走りすぎたようだ。〈ビッグ4〉の顔ぶれにジャーヴィス博士が加わっていないのは、倶楽部の古参会員の中で、彼だけが冷静さを保っていたからである。探偵小説の技法、とりわけフェアプレイの理念に関して、博士は早くから進んだ考えを持っていた。その考えを具体的に示すため、犯人の側から犯行のプロセスを描く倒叙探偵小説という新形式を発明したほどである。だから、保守的なワトスン老を激怒させた『アクロイド殺し』のトリックについても、博士は頭ごなしに読者への裏切り行為だと決めつけたりはしていない。二、三の点で見過ごせない瑕疵《かし》が認められる、と指摘しただけで、作者に対する人格攻撃の類《たぐい》はいっさい口にしなかった。

緊急理事会の議事録の中で、ジャーヴィス博士はこう述べている。

「〈引き立て役倶楽部〉の代表が、クリスティ女史と話し合いの場を持つのは、双方にとって有益なことだと思う。だが、きみたちが主張するやり方はいささか乱暴すぎやしないかね？　中世の魔女狩りを再現するつもりなら、わたしは降りさせてもらう」

博士の危惧は当たっていた。

ハロゲイトへの招待状をクリスティ女史に送ったのはワトスン会長で、M・P・シールが彼女の車に偽装工作を施し、ニューランズ・コーナーに乗り捨てた。ハイドロパシック・ホテルを交渉の場に選び、秘密が外に漏れないよう手配したのは、実業界に顔が利くジュリアス・リカードだったが、彼は女史の失踪が予想をはるかに超える大騒ぎになったことを悔やんでいた。

「あの時、ジャーヴィス博士の発言にもっと耳を傾けるべきだった」

後にムッシュ・リカルドは、わたしだけにそう打ち明けたことがある。

水責めの拷問こそ行われなかったものの、ハイドロパシック・ホテルでくり広げられた十一日間の秘密交渉には、最初から最後まで、クリスティ女史に対する魔女裁判めいた雰囲気が濃厚に漂っていた。冷酷非情な異端審問官《トルケマダ》の役を務めたのが、ヴァン・ダイン弁護士だったことは、あらためていうまでもない。

彼は二十箇条におよぶ〈協定〉の草案を突きつけ、そのすべてを遵守するよう、クリスティ女史に迫った。ところが、ヴァン・ダインがこしらえた杓子定規なルールの中には、明らかに行きすぎと思われる条項が複数含まれていたので、女史はなかなか首を縦に振らなかった。ホテルでの交渉が予定より長引いたのは、そのせいだ。

「わたしは一定の規則を守っています」彼女はくり返し力説した。「嘘を書くことは許されません。しかし、事実を省いて書くことはアンフェアではないのです。あのちょっとした時間の経過は、両義的な文章の中にうまく潜ませてあるし、手記の書き手も真実だけを書くことに非常な喜びを感じています」

極端なルールを削除し、いくつかの条項ではその表現をゆるめたうえで、クリスティ女史はしぶしぶ〈協定〉にサインした。ムッシュ・リカルドがホテルの楽団員に特ダネを耳打ちして、彼女はようやく軟禁状態から解放されたのである。

クリスティ女史を屈服させたヴァン・ダインは、得意の絶頂だった。二年後の一九二八年、彼は「探偵小説作法の二十則」というルール集を発表したが、その内容は女史に突きつけた二十箇条の〈協定〉草案が下敷きになっている。

わたしはその間ずっと、秘密交渉の場に立ち会っていた。英国の法律に則《のっと》って、彼女の弁護人を務めるよう、〈ビッグ4〉に命じられたからである。

ヴァン・ダインの理不尽な要求をはねつけ、クリスティ女史の権利を守るために、わたしは最善の努力をした。ポアロがいつも口にするように、わたしは融通のきかない、古風な考えの持ち主かもしれないが、だからこそ、孤立無援の女性が苦境に立たされているのを見過ごすことはできない。すくなくとも、女史の反論を封じようとする有形の圧力に対して、それを食い止める盾の役割は果たせたと思う。

とはいえ、わたしの置かれた立場はとても微妙だった。

クリスティ女史と〈引き立て役倶楽部〉の板ばさみ、というのとは話がちがう。もっと個人的な事情で、今だから明かせることだが、当時、わたしは彼女に一抹の不信の念を抱いていたのである。もちろんそれは、〈ビッグ4〉を突き動かしていた自警団的な正義の感情とは、まったく性格の異なるものだったが……。

思いきって打ち明けよう。わたしが何よりも怖れていたのは、クリスティ女史が「わたし」――すなわちアーサー・ヘイスティングズ――を、名探偵エルキュール・ポアロの唯一無二の親友にして、彼の伝記作家という地位から放逐してしまうことだった。

引き立て役の伝統とか、探偵小説のフェアプレイとか、そういう大げさな話ではない。クリスティ女史の心変わりによって、ポアロとの友情が引き裂かれるのではないか？　そのことだけが気がかりだった。『アクロイド殺し』という作品が、シェパード医師の手記と
わたしはもう二度と、ポアロの冒険に付き合わせてもらえないのではないか？

して発表されたせいで、自分だけ除《の》け者にされたように感じていたのかもしれない。
女史の関心がわたしから離れつつあることには、しばらく前から気づいていた。ヘイスティングズの凡庸さにうんざりして、ロマンスと引きかえに、南米の地に追い払うことにした――そういう意味のつぶやきを、彼女がうっかり洩らすのを耳にしたこともある。それが本心だと信じたくはなかったけれど、事実として、『アクロイド殺し』の中にわたしの居場所はなかった。

他人の目から見れば、小さな村をにぎわすゴシップと大差ない、ちっぽけな悩みだろうが、わたしにとっては人生を左右する一大事である。そのへんの気持ちを汲《く》んでくれたのは、ムッシュ・リカルドだけだった。彼は『矢の家』事件に関して、同じような除け者感を抱いていたため、わたしに同情して誘拐計画に参加したのだ。

ハイドロパシック・ホテルでの交渉が始まってから三日目の夜、クリスティ女史と二人きりになった機会に、わたしは自分が怖れていることを正直に打ち明けた。わだかまりを残したままでは、弁護人の務めをまっとうしきれないと思ったからだ。

その時、彼女が見せた複雑な表情をいまだに忘れることができない。わたしに対する憐《あわ》れみの感情が、同時に彼女自身の内面へ逆流しているような痛ましい顔つきで、立っているのがやっとのようなありさまだった。

今にして思えば、あの瞬間、クリスティ女史はわたしの中に、数か月前の自分の姿を見いだしていたのではないだろうか――夫の口から愛人の存在を告げられ、結婚生活の破綻を突きつけられた時の。

　その夜から一週間にわたって、わたしたちは〈ビッグ4〉との交渉の合間を縫い、お互いの今後のあり方について話し合いを重ねた。ヴァン・ダインを相手にした不毛な水掛け論より、こちらの話し合いの方がはるかに有意義で、実り多かったと思う。実際にわたしの果たした役割が、議論の当事者というより、クリスティ女史の人生観と探偵小説への思いに耳を傾ける聴罪司祭のごときものだったとしても。

　女史は探偵小説の新しいスタイルの開拓に着手したばかりで、『アクロイド殺し』もその第一歩にすぎないと、わたしに告げた。彼女が洩らした野心的な腹案の中には、わたしやシェパード医師のような一人称の語り手を使わない、純粋な三人称記述による綱渡りみたいなプロットも含まれていた。もし〈ビッグ4〉がそれを聞いたら、驚きのあまり、その場で火あぶりの刑を宣告していたかもしれない。

「謎解きのテクニックは、まだ汲みつくされていない」と彼女は言った。「それがクッションカバーに刺繍《ししゅう》をするような仕事だとしても、正直で、腕のいいお針子になることはできる。わたしには試してみたい模様がたくさんあるのよ」

　その一方でクリスティ女史は、ポアロとわたしの友情が何物にも代えがたい、強い力で結ばれた絆《きずな》であることを理解していた。わたしの救いがたい凡庸さが、ポアロの灰色の脳細胞を補うものだと直感的に悟っていたのである。

　彼女はその気になりさえすれば、『アクロイド殺し』を「アーサー・ヘイスティングズ大尉の手記」として発表することもできた。そうしなかったのは、ポアロの許にいつでもわたしを呼び戻せるようにしておきたかったからだ。

その言葉を聞いて、わたしはやっと彼女への信頼を取り戻した。それと同時に、自由な創意を尊ぶ彼女の作家精神を理解したといってもいいだろう。お互いの立場をわかり合ったうえで、わたしたちは誓約をかわした。

今後発表されるポアロの冒険のすべてに、わたしが立ち会うことはない。しかし、わたしとポアロの友情は不滅であり、節目となる重要な事件では、必ずアーサー・ヘイスティングズ大尉が南米から呼び戻されること。

それが、わたしとクリスティ女史の間で結ばれた約束だった。

## 6 甲論乙駁《おつばく》

「――待ちたまえ、ヴァン・ダイン君」

ジャーヴィス議長が気むずかしい口ぶりで言った。

「きみの提案には、いささか曖昧《あいまい》なところがある。探偵小説の世界から、クリスティ女史を即刻かつ永遠に抹殺するとは、具体的にどういう行動を指しているのかね」

「手始めに『テン・リトル・ニガーズ』の出版を差し止める必要があります」ヴァン・ダインはてきぱきと答えた。「〈引き立て役倶楽部〉の人脈をフルに活用すれば、むずかしいことではないでしょう。ニガーという単語は人種差別的ですから。ただし、それは応急処置にすぎない。わたしの希望は、彼女の新作が二度と書店の店頭に並ばないようにすることです」

「しかしクリスティ女史の旺盛《おうせい》な筆力と、絶大な人気を考えると、彼女に恒久的な沈黙をしいるのは、われわれの力だけでは無理だろう」

「議長のおっしゃる通りです――残念ながら」とヴァン・ダインは言い添えた。「ですから、われわれは究極の手段に訴えるほかありません」

「究極の手段というと？」

「彼女を暗殺することです」

驚きの反応を示したのは、ジャーヴィス博士とメリフィールドだけだった。アーチー・グッドウィンはやれやれとため息をついたが、ワトスン会長とタウンゼンドはいたって平静である。最初からその結論ありきで、この席に臨んでいるということだ。

「暗殺とは穏やかでないな、ヴァン・ダイン君」

ジャーヴィス議長はようやく気を取り直して、

「どうしてもクリスティ女史を亡き者にしたいようだが、きみの過激な主張にはついていきかねる。十三年前もそうだった。あの時、わたしが警告したように……」

「ジャーヴィス」

とワトスン老がだみ声でさえぎった。

「きみは議長だ。つべこべ言わずに、議事進行の務めを果たしたらどうだ」

「だがワトスン、殺人は重罪だぞ。法と秩序を重んじる〈引き立て役倶楽部〉が、過激派まがいのテロ行為に手を染めるなど、もってのほかではないか」

「テロ行為ではありません、議長」とヴァン・ダイン。「これは純然たる正当防衛です。われわれとの〈協定〉を踏みにじったのは、クリスティ女史の方なのですから」

「ヴァン・ダイン君の言う通りだ」

ワトスン老は節くれ立った指をジャーヴィス博士に突きつけて、

「わしはそもそも、十三年前の〈協定〉が手ぬるすぎたと思っている。あの時点で彼女を叩《たた》きつぶしておくべきだったのに！　チェンバレン首相がミュンヘンで犯した過ちと同じだ――われわれが手をこまねいていたせいで、今やアガサ・クリスティは、アドルフ・ヒトラーと肩を並べるほど危険な存在になっている。われわれは一刻も早く、彼女の邪悪な野望を打ち砕かなければならん！」

ワトスン会長の異様な興奮に圧《お》されて、ジャーヴィス博士は絶句した。その隙に付け入るように、タウンゼンドが挙手して、

「暗殺を実行するか否かはさておいて、とりあえず、クリスティ女史に制裁を加えるべきかどうかを議論しませんか。せっかくヘイスティングズ大尉にお越し願ったのですから、彼の意見も聞いてみたい。ヴァン・ダイン弁護士の提案について、あなたはどのような考えをお持ちですか、大尉？」

議事進行役を乗っ取ろうとする意図は見え見えだったが、ここで言い返さなければ、向こうの思うツボである。わたしは上着のポケットを手探りし、中にある万年筆を護符のように握りしめた。ペンは剣よりも強し……。タウンゼンドを無視し、あらためてジャーヴィス博士に発言の許可を求める。

「発言を許可する、大尉」と議長。「きみの意見は？」

「ヴァン・ダイン弁護士の主張には、まったく賛成できません」とわたしは言った。「そもそも、彼の告発には根拠がない。クリスティ女史が倶楽部との〈協定〉を破ったとおっしゃいますが、具体的にどんな規則違反をしたというのですか」

「探偵小説家として、死に値する罪――といっても、マザーグース殺人の主題を『僧正殺人事件』から剽窃《ひょうせつ》したことではないがね。わたしは大いなる寛容の精神を発揮して、その罪だけは見逃してやろうと思う」

一瞬浮かべた高慢な笑みを、ヴァン・ダインはすぐに引っこめて、

「どうしても許せないのは、三人称の地の文で、故意に嘘の記述をしていることだ。これほど悪質なルール違反はない！　1章を見たまえ。犯人が招待状を読む場面、そこでの心理描写は、明らかにその人物が犯人ではありえないことを示している」

予期していた通りの答である。わたしは首を横に振り、反撃を開始した。

「それはあなたの読みちがいですよ。きちんと再読すればわかるはずだ。その場面で犯人は、島に着いてからほかの招待客に手紙を見せる時のことを考えているんです。説明

が省略されているだけで、嘘の記述とは言えません」

「省略はアンフェアではない、か。十三年前と同じ言い逃れだな」

「言い逃れではありません。だいいち、省略のない小説などありえない。冗長な描写や細かい性格分析こそ、あなたがもっとも嫌うものではないですか?」

彼の二十則を引き合いに出すと、ヴァン・ダインはむっとして、

「それとこれとは、話が別だと思うがね、大尉。違反箇所はほかにもある」

嫌みたらしく鼻を鳴らすと、彼は「証拠物件」、すなわち『テン・リトル・ニガーズ』の校正刷りを頭からめくって、有罪の証拠と称する文章を次々と読み上げた。

彼はよく調べていた。その気になれば、立派な校正係になれるだろう。もちろん、こちらの準備に抜かりはない。

わたしはヴァン・ダインの主張をことごとく論破した。彼がアンフェアだと指摘した箇所は、いずれも先入観にもとづく勝手な思いこみにすぎず、書いてある文章を文字通りに読めば、作者がいっさい嘘の記述をしていないことを立証したのである。

ジャーヴィス議長はわたしの言い分に理があると判断したようだが、それでもヴァン・ダインは、余裕の姿勢をくずしていない。ポーズではなく、こちらの反論は想定の範囲内だったということだろう。むしろ白熱した議論の応酬に、いちいち目を白黒させていたのは、横で聞いているワトスン会長だった。

「――わしにはまったく理解できんな」

とつぶやいてから、ワトスン老はあわてて誤解を正そうとするように、

「いや、議論の内容のことではない。わしに理解できんのは、ヘイスティングズ君、きみがそうまでして彼女を弁護する理由だ。十三年前にもそう思ったものだが、すくなくともあの本には、きみの親友であるベルギー人の探偵が関わっておった。だが、この『テン・リトル・ニガーズ』には、きみもポアロ某も出てこない。〈引き立て役倶楽部〉の会員であるきみが、女史の新作を擁護するのはお門ちがいではないか？」

「お門ちがいではありません、ワトスン会長」わたしは胸を張って答えた。「わたしは今でもエルキュール・ポアロの親友で、彼に忠実なワトスン役です。そして、ことポアロの冒険に関して、クリスティ女史は引き立て役の伝統に十分な敬意を払っている。わたしがここにいることが、その敬意の証《あかし》にほかなりません」

「だとしても、彼女は最近、きみの扱いに困ってるんじゃないのかね」

ワトスン老は酔っぱらいがからむような（事実、飲みすぎてかなり呂律《ろれつ》が怪しくなっていた）、底意地の悪い口調で、

「オリエント急行で起こった事件にも、立ち会えなかったそうだが？」

わたしに向かってこの問いが発せられるのは、初めてではなかった。それどころか、同様の質問が寄せられる機会は、年を経るにつれて増える一方であった。そのことで悔しい思いをしたことは一度もない、と言ったら嘘になる。

　それでもわたしは、何年も前から自分を納得させる答を用意していた。

「あれは表向き、ポアロが解決に失敗した事件ということになっていますから。わたしもアルゼンチンの農場経営主なので、どうしても手が離せない時はある。それでも『邪悪の家』や『エッジウェア卿の死』、とりわけ『ABC殺人事件』のように重大、かつ解決の困難な事件は、わたしの手記として発表されています。クリスティ女史がわたしの果たす役割を重視しているのは、明らかだと思いますが」

「そうですかね」と、性懲りもなくタウンゼンドが口を出した。「『ABC殺人事件』では、あなたの手記以外の三人称で書かれたパートが重要な位置を占めている。『もの言えぬ証人』の出だしも、そうじゃありませんでしたか？　要するに、彼女はあなたの存在をアリバイに利用しているだけで、実際は引き立て役に対する敬意など、これっぽっちも持ち合わせていないのではないですか」

　考えの浅い男だ。痛いところをついた気でいるのだろうが、その点はハイドロパシック・ホテルでクリスティ女史とかわした約束の中で、とうに確認ずみのことだった。

　わたしは落ち着き払った態度で、タウンゼンドにあごをしゃくり、

「妙な言いがかりはよしてくれ。自分が何を言っているか、わかっているのか？　きみの言う通りだとすれば、ワトスン会長の『緋《ひ》色《いろ》の研究』や『恐怖の谷』、それにジャーヴィス博士が発表した数々の倒叙探偵小説も、同じ批判をまぬがれないことになる。〈引き立て役倶楽部〉の歴史そのものを否定する覚悟があるなら別だが、そうでなけれ

ば、今の発言は取り下げてもらおう」

おべっか使いのタウンゼンドは震え上がって、すぐに前言を撤回した。ヴァン・ダインは舌打ちして彼をにらみつけると、失地を回復するように声を張り上げる。

「そのような枝葉末節にこだわっても、仕方がない。ヘイスティングズ大尉が引き立て役として関わった事件については、お咎《とが》めなしとしよう。とはいえ、今日の議題はあくまでも『テン・リトル・ニガーズ』であり、そこに注ぎこまれたクリスティ女史の危険思想にほかならない。大尉は巧言を弄《ろう》して、あたかもこの小説がフェアに書かれているかのごとき印象を与えようとしているが、だまされてはいけない。そのような言い訳を並べなければならないこと自体、作者の怠慢の証拠なのだから」

「それは話があべこべですよ」わたしは冷静に指摘した。「クリスティ女史は大胆なアイデアとフェアプレイを両立させるために、構成と文体をとことんまで計算しつくし、あらゆる場面、あらゆる細部に尋常でない神経を使っている。それを怠慢のひとことで切って捨てるようでは、あなたの読解力に疑問符をつけざるをえません」

「ならば怠慢でなく、サボタージュと言い換えよう。彼女は語りのテクニックを駆使するふりをして、破壊工作を行っている。探偵小説の形式とルールを土台から転覆させようと企てているのだ。その証拠に、この小説には事件を解決する探偵が出てこない。探偵の登場しない探偵小説など、そもそも語義矛盾《ディテクション》ではないか」

「探偵は読者ですよ。読むことが探偵行為なのです」

わたしが放った答は、ヴァン・ダインの逆鱗《げきりん》に触れた。

「読者が探偵だと？　馬鹿も休み休みにしろ！　気の利いた返事だと思っているかもしれないが、そんなことは自明の理だ。だが、この小説には謎を解く手がかりと、筋の通った推理が存在しない。出てくるのは曖昧なほのめかしと死体の山ばかりで、辻褄《つじつま》合わせの解決も、犯人の告白を通じて唐突に押しつけられるだけだ。仮に読者が探偵だとして、手がかりも推理もない小説を、どうやって解き明かすというのかね」

「ひとつよろしいでしょうか、議長？」

わたしが口を開くより先に、メリフィールドが手を挙げて、

「謎解きの手がかりが存在しないという意見には、異論があります」

「よろしい」とジャーヴィス議長。「続けたまえ、メリフィールド君」

ヴァン・ダインの手から「証拠物件」を取り上げると、メリフィールドは校正刷りの束を注意深くめくりながら、

「わたしは『テン・リトル・ニガーズ』の原稿を、何度も何度も読み返しました。どうしても気になる点があって、それを確認したかったからです。気になったのは11章と13章で、生き残った登場人物全員の心理が、誰のものとも明記されずに列挙されている箇所でした。この二つの箇所は、非常に目立つ書き方がしてあるので、無視することはできません。そこでわたしは作中に記されたキーワードを拾い上げ、前後の文脈と突き合わせて、これらの心理描写がそれぞれ誰のものか特定しました」

「まちがいなく、特定できるのかね」とジャーヴィス議長。

「できます。表にまとめたものがあるので、確認してください」

メリフィールドは整然とタイプされた対照表を回覧させながら、各登場人物の言動と心理描写がどのように対応しているか、要領よく説明した。

「──さて、こうやって登場人物の心理描写を比較すると、明らかにひとりだけ、ほかと異なる書き方のされた人物がいることがわかります。誤読を誘うような描写ですが、先入観を排して読むと、裏に隠された別の意図が浮かび上がってくる。断片的な情報をつなぎ合わせれば、物語の背後で進行している操りの計画が推定できるはずです」

「それはつまり……」

「十分に注意深く、労苦を惜しまぬ読者であれば、犯人の告白書を読む前に、事件の黒幕を指摘することは不可能ではありません。もちろん、そのためには非常に優秀な推理能力が必要で、わたしも最初に読んだ時はまったく歯が立ちませんでしたが」

メリフィールドが報告を終えると、談話室は水を打ったように静かになった。

彼の几帳面な仕事ぶりに、わたしは心の中で喝采を送った。もちろん、リベルタ号の船室でわたしも同じ結論に達していたのだが、利害関係者であるわたしには、メリフィールドほど客観的で、説得力のある論証はできなかったにちがいない。

沈黙は承認を意味する。ヴァン・ダインはむりやり口を開いて、

「一時の暇つぶしにはなるが、そんな芸当は知的な推理の名に値しない。子供じみた悪

ふざけと同じだ。探偵小説の謎は、もっと筋の通った推理によって解き明かされるべきで、スクラブルのような文字合わせ遊びと一緒にしてはならない」

「お言葉ですが、弁護士先生」ずっと静観を決めこんでいたアーチー・グッドウィンが、たまりかねたように口をはさんだ。「あなたは以前、探偵小説はクロスワードパズルと同様の判じ物だと言ってませんでしたか？」

ヴァン・ダインは返答に詰まり、苦虫をかみつぶしたような顔になった。酔いが回って議論についていく気力が失《う》せたのか、ワトスン老は半ば放心の体である。

タウンゼンドもおとなしく下を向いていたけれど、気になったのは、メリフィールドの報告に動じているように見えないことだ。そういえば、対照表をあらためる時の態度も、ほかのメンバーとちがっていた。ということは、彼もメリフィールドと同じく、クリスティ女史が周到に埋めこんだ手がかりに気づいていたらしい……。タウンゼンドが腹の底で何を考えているのか、わたしはようやく見抜いたような気がした。

おそらくタウンゼンドは、この場にいる誰よりも、クリスティ女史の実力を認めているのだ。だからこそ同じ探偵小説家として、彼女の才能をねたみ、どうにかして足を引っぱろうとしているのではないか。小狡《こずる》いタウンゼンドは、ヴァン・ダインの尻馬《しりうま》に乗るふりをして、手ごわい競争相手をひとり減らそうともくろんでいるにちがいない。

わたしは腕を組んだ。メリフィールドの口添えによって、情勢は優位に転じたように見えるけれど、まだ油断はできない。ヴァン・ダインやタウンゼンドが、どんな切り札を隠し持っているか、想像もつかないからだ。

もう一度上着のポケットを探り、大事な万年筆があることを確認する――ほかならぬクリスティ女史から、わたしたち二人の連帯の証として受け取った特別な品だった。彼女とかわした約束を守らなければならない。

「議論はまだ長引きそうですね。ここらへんですこし、休憩を入れませんか」

わたしの発言にしては珍しく、即座に全員の賛同が得られた。ジャーヴィス議長が一時休会を宣言する。わたしはさっそくバンターを呼んで、

「頭のすっきりする飲み物がほしい。全員にコーヒーを出してくれないか」

「かしこまりました、ヘイスティングズさま」

## 7　採決

バンターはテーブルにカップとソーサーを並べ、コーヒーを注いで回った。会長を除く全員が口をつけ、バンターのドリップの腕前を賞賛したが、ワトスン老の関心はウィスキーの瓶に集中していて、コーヒーなど眼中になかった。

息抜きの時間は、唐突に打ち切られた。ジャーヴィス博士が議事の再開を告げる前に、ワトスン老がよろよろと立ち上がり、

「――親愛なるわが同志諸君！」

と叫んだからである。

「きみたちの熱意ある議論は、まことに紳士的で、傾聴に値するものだ。だとしても、わしのような老いぼれにとっては、時間が、残された時間があまりにもすくなすぎる。堂々めぐりの悠長な議論に、いつまでも付き合ってやることはできんのだ！　だから、わしは今から率直な意見を言うぞ。ヘイスティングズ君が何と言おうと、わしはこういう曖昧模糊《もこ》とした、女学生の作文めいたものを探偵小説と認めることはできん。読者が探偵だとかいう新しい考え方にも、なじむことはできんのだ！　そもそも探偵なるものは、オーギュスト・デュパンやシャーロック・ホームズのごとく、並はずれた知性と個性を併せ持った偉大な人物でなければならない。であるからこそ、わしらのような慎み深い引き立て役の存在が欠かせないのだ。だが、万が一クリスティ女史のような書き方が正当と認められたら、軽佻浮薄《けいちょうふはく》な読者と新しいものに目がない評論家がこぞってそれに飛びつき、いずれ英国の探偵小説界は、この種のだまし討ち小説に占領されてしまうだろう。わしらはおろか、偉大な名探偵たちの居場所が根こそぎ奪われてしまうことは目に見えておる。どんなに説得されても、そのような未来を受け容れることはできん。絶対に屈服してはならんのだ、絶対に、絶対に、絶対に……。わしの言いたいことはそれだけだ。これ以上議論を重ねても、貴重な時間の浪費にしかならん。ジャーヴィス、採決を行ってくれ、わしの我慢はもう限界だ」

ジャーヴィス博士は悲しげな目つきで旧友にうなずき、残りの一同を見回した。

ワトスン老の酒量は明らかに喫水線を超えており、アルコール海に沈没するのは時間の問題と思われた。そうでなくても、劣勢に陥ったヴァン・ダインやタウンゼンドが新たな争点を追加して、また一から不毛な水掛け論をくり返すぐらいなら、このへんで決着をつけた方がましである。

わたしが採決に賛成すると、残りのメンバーもそれに倣った。

「では、決を採ろう」とジャーヴィス議長が告げる。「クリスティ女史に制裁を加えるという提案について、ひとりずつ賛成か反対かを述べてくれ。具体的な制裁の内容に関しては、今は問わないでおく。可否同数の場合は、倶楽部の会則に従い、わたしが議長裁決を下す。ヴァン・ダイン君、提案者のきみから始めよう」

「わたしは、アガサ・クリスティの抹殺を主張します」

「わしも賛成だ……わしは移り変わる時の中の、ひとつの岩なのだから……どんなに冷たい、身を切るような風が吹きつけてこようとも……絶対に動じることは……」

そうつぶやいたのを最後に、ワトスン老はテーブルに突っ伏した。

「ぼくは棄権させてもらいます」アーチー・グッドウィンが言った。「能天気なヤンキー人種にとっては、話がデリケートにすぎますから」

「反対です」とわたし。

「わたしも賛成できかねます」とメリフィールド。

「わたしは賛成です」とタウンゼンド。

「賛成が三票、反対が二票、棄権がひとりか――」

「待ってください」わたしはあわててジャーヴィス議長をさえぎった。「まだバンターの票が残っています」

「使用人の意見に頼るのか？」これ見よがしにヴァン・ダインが眉をひそめる。「やれやれ、それはあまりにも安易な策だと思うが」

「彼は倶楽部の常任理事です。バンター、きみの意見は？」

一同の視線は、部屋の隅で待機しているバンターの顔に釘《くぎ》づけになった。使用人呼ばわりしたヴァン・ダインですら、無関心を装いきれず、肩ごしに振り返っている……。

バンターは手にしていたコーヒーポットをワゴンに戻すと、時間を稼ぐように目をつぶり、無言で思案をめぐらせていたが、やがておもむろに目を開いて、

「意見を述べよとの仰せでしたら、わたくしは賛成いたしかねます」

「これで反対も三票、可否同数だ。ジャーヴィス博士、議長裁決を！」

「あわてるな、ヘイスティングズ」ヴァン・ダインがわたしを制した。「欠席したジュリアス・リカードから、署名入りの委任状が届いている。きみが着く前に内容を確認しておいたんだが、彼の票も勘定に入れないと」

ヴァン・ダインはにやりとした。ジャーヴィス議長が委任状を読み上げる。

「リカード氏はこう書いている――ワトスン会長の判断にすべてを委《ゆだ》ねる、と」

してやられた！　ワトスン老はムッシュ・リカルドに、今日の議題を正確に伝えなか

ったにちがいない。たぶん、ヴァン・ダインの入れ知恵だ。

「賛成が四票。クリスティ女史の悪運も尽きたようだな」

ヴァン・ダインは勝利を宣言すると、祝杯を挙げるように、自分のコーヒーカップに手を伸ばした。が、カップの中味がほんのわずかしかないのに気づいて、その手を止める。ポットを手にしたバンターが、彼の横にすっと近寄って、

「おかわりをお注ぎいたしますか、ヴァン・ダインさま」

「そうしてくれ、バンター。使用人呼ばわりしてすまなかったな」

「滅相もございません」

ヴァン・ダインはわたしに向かってカップを掲げた。わたしが無言で目を伏せると、バンターが注いだコーヒーを満足げに飲み干した。

アメリカ人弁護士の表情がこわばったのは、その直後だった。

突然カップを取り落とし、苦しそうに胸をかきむしる。皆があっけに取られている間に、ヴァン・ダインは苦悶《くもん》のうめきを洩らして、椅子から転げ落ちた。

「心臓発作だ！」とわたしは叫んだ。「誰か手当てを」

元開業医のワトスン老は、完全に酔いつぶれて使いものにならない。メリフィールドがヴァン・ダインのカラーをゆるめ、青ざめた頬をたたく。効果はなかった。

「どきなさい――もう手遅れかもしれないが」

法医学に通じたジャーヴィス博士が床に膝《ひざ》をつき、ヴァン・ダインの脈を調べた。博士はじきに顔を上げ、険しい表情で首を横に振る。

「まちがいない。死んでいる」

「採決の結果に興奮しすぎて、心臓がパンクしたのかな」とアーチー・グッドウィンがつぶやいた。「典型的なブルジョア病だ。こっちへくる船の中でも、ずっと心臓の薬を手放しませんでしたよ。うちのボスにも気をつけるように言わないと」

「待て！ そのカップに触るな」

大声を出したのは、タウンゼンドだった。床に落ちたヴァン・ダインのコーヒーカップを拾おうとしていたバンターが、屈《かが》みこんだまま動きを止める。

「片付けてはならないとの仰せでしょうか、タウンゼンドさま」

「証拠保全だ。毒が検出されるかも……。いや、きみが入れたんだろう、バンター。使用人呼ばわりされた腹いせに、おかわりのコーヒーに毒を混ぜたんじゃないか？」

バンターはまったく表情を変えずに、ゆっくりと膝を伸ばして、

「滅相もございません」

「口だけなら何とでも言える。だが――」

タウンゼンドはバンターの手からポットを奪い、蓋《ふた》を開けてまだ中にコーヒーが残っているのを確認した。ワゴンから新しいカップを取り、ポットの残りをなみなみと注いでから、バンターの手に握らせて、

「身に覚えがないなら、これを飲んでも平気なはずだ」

バンターはため息をつくと、文句のひとつも言わずに、コーヒーを飲み干した。

何も起こらなかった。

「これで、わたくしへの嫌疑は晴れたかと存じます」バンターはふだんと変わらぬ態度で、タウンゼンドに告げた。「お亡《な》くなりになったヴァン・ダインさまにとりましても、よいことでございました。万一、使用人が犯人だと判明いたしましたら、死んでも死にきれない思いをなさったにちがいありません」

タウンゼンドは大きく腕を振り回し、悪態をついた。ところが、何か別のことを思い出したのか、急に口をつぐんで、思案げな表情になる。

ひとしきり考えにふけった後、今度はわたしに詰め寄って、

「わかったぞ、ヘイスティングズ！　おまえが彼のカップに毒を入れたんだ」

「わたしが毒を？　馬鹿を言うな、タウンゼンド」

「いや、おまえには動機がある」

タウンゼンドは仰々しく、人さし指をわたしの鼻先に突きつけて、

「アガサ・クリスティを守るために、邪魔者のヴァン・ダインを消したにちがいない！　毒を入れたのはきっとあの時だ――採決の途中、バンターの意見を聞くために、全員がむこうを向いていた。その隙に、おまえがヴァン・ダインのカップに毒を」

「見そこなったぞ、タウンゼンド」わたしは彼を怒鳴りつけた。「〈引き立て役倶楽部〉

の会員ともあろう者が、確たる証拠もなしに、同志を殺人犯扱いするとは！」

「確たる証拠か」タウンゼンドはひるまずにわたしを見返した。「証拠ならあるぞ、ヘイスティングズ。犯行の瞬間をとらえた、絶対確実な目撃証言が」

「目撃証言？　ありえないな。もしきみの言う通り、全員の視線がバンターに集まっている時に毒が投じられたとすれば、誰も犯行の瞬間を見ることなどできない」

「いや、その時ひとりだけ、バンターを見ていなかった人物がいる」

タウンゼンドは満面に笑みを浮かべ、体の向きを変えると、

「それはバンター、きみ自身だ。きみはその瞬間、テーブルの方を向いていた。だから見ているはずだ、ヘイスティングズ大尉が、被害者のカップに毒を入れるところを。今すぐ答えるんだ、バンター。だが、きみも〈引き立て役倶楽部〉の一員だということを忘れるな。引き立て役の名誉にかけて、きみはけっして嘘の供述をしてはならない！」

つかの間、談話室を静寂が満たした。

やがて、バンターが慎ましく口を開いた――。

「申し訳ありません、タウンゼンドさま。わたくしは何も見ておりません。どのように返答いたしたものか、熟考するために目を閉じておりましたので」

その後に起こったことを、簡潔に記しておこう。

われわれは地元の警察に、ヴァン・ダイン弁護士の急死を伝えた。死体をあらためた

L・クロックスリー医師は、故人が慢性的な心臓疾患の持ち主だったことを重視し、二日後に開かれた検死審問でも、急性心不全による病死という評決が出た。

クリスティ女史を抹殺すべしという理事会の議決は、提案者のヴァン・ダインが急死したことにより、事実上廃案となった。賛成票を投じた残り三名のうち、ワトスン会長は泥酔状態で、当日の記憶が定かでなかったし、バンターに出し抜かれたタウンゼンドも、突発性健忘症を発症したらしく、この件について二度と触れようとしなかった。まもなく始まったドイツとの戦争で、それどころではなくなったせいもある。

後日、ムッシュ・リカルドが委任状を撤回したことはいうまでもない。

その年の十一月、『テン・リトル・ニガーズ』はコリンズ社の「クライム・クラブ」から予定通り出版された。クリスティ女史の最高傑作として絶賛を浴びたことは、読者もよくご存じのはずである。

## 8　真相（編者による解題）

以上の物語は、アガサ・クリスティの死後、彼女が愛したデヴォン州の屋敷、グリーンウェイ・ハウスの書庫から見つかった未発表のタイプ原稿を活字にしたものである。各章の見出しはオリジナルの原稿通りだが、作者はタイトルを決めていなかった。「引き立て役倶楽部の陰謀」という題は、編者がつけたものであることをお断りしておく。

ほとんどの読者は、この幕切れに納得しないだろう。それも当然で、結末が中途半端なのは、クリスティがこの作品を途中で放棄してしまったからである。タイプ原稿と一緒に発見された創作ノート——表紙が取れてしまった青い太罫《けい》のペン習字練習帳——には、次のような手書きの構想メモが記されていた。

ヴァン・ダインを毒殺したのは、アーサー・ヘイスティングズ大尉である。カップに毒を投じた手段は、ライオネル・タウンゼンドが推察した通り。議案が否決されれば、ヘイスティングズは計画を中止して、ヴァン・ダインがコーヒーを飲むのを妨げていただろう。被害者自身のおごりと卑劣なふるまいが、死を招き寄せたのだ。

ただし、ヘイスティングズは哀れな傀儡《かいらい》、下請けの実行犯でしかない——彼にヴァン・ダイン殺害を命じた真犯人は、このわたし、アガサ・クリスティなのだから。

ヘイスティングズはリベルタ号の船上から長文の電報を打ってよこし、目前に迫った危機について、あらかじめわたしに警告していた。わたしは十三年前、〈引き立て役倶楽部〉とヴァン・ダイン弁護士から受けた仕打ちを思い出し、二度とあのような辱めを受けはしないと心に決めた。

事件の前日、わたしは引っ越したばかりのグリーンウェイ・ハウスから、ひとり車を飛ばしてボーンマスへ向かい、「テレサ・ニール」の名前でホテルに投宿した。あくる日の午前中、ホテルのラウンジでヘイスティングズと会う約束をしていたからだ(2章の冒頭で、彼が「ちょっとした用事」と書いているのは、そのことである)。

ボーンマスで会ったヘイスティングズに、わたしは一本の万年筆を渡した。吸入レバーを押すと、水鉄砲式にインクが噴き出すもので、狙いをはずさないよう、ペン先に細工がしてある。軸の中にはインクのかわりに、褐色の液体を入れておいた。

この液体は心臓に作用する猛毒——メソポタミアの古代遺跡発掘旅行中、バグダッドの市場《スーク》で偶然手に入れた——で、現在の西洋医学では自然死と見分けがつかない。わたしはヘイスティングズに、もしヴァン・ダインの暴走を止められなければ、この毒で彼を殺してほしいと頼んだ。

ヘイスティングズも相応の覚悟で臨んでいたはずだが、彼は根っからの善人である。殺人の依頼を引き受けさせるには、強力なあと一押しが必要だった。

もちろんわたしは、どうすれば彼が首を縦に振るかわかっていた。

わたしはヘイスティングズに約束した——エルキュール・ポアロ最後の事件は、彼の手記として発表される。思い出深いスタイルズ荘で起こるその事件は、ポアロとヘイスティングズの不滅の友情を、読者の心に永遠に刻みつけるものになるはずだ、と。

「勇気をお出しなさい。またポアロと一緒に獲物を追いかけたいなら」

その殺し文句で、ヘイスティングズの迷いはいっぺんに吹っ切れた。

彼は毒入り万年筆をしっかり握りしめると、

「あなたとの連帯の証として、必ずヴァン・ダインを仕留めましょう」

と、わたしに誓った……。


執筆が中断された理由のひとつは、未発見の毒物や毒入り万年筆といった小道具が用いられているせいだろう。こうした古色蒼然《こしょくそうぜん》たるトリックは「ヴァン・ダインの二十則」や「ノックスの十戒」への反発から、意図的に選ばれたものだとしても、実際に書き進めていくうち、クリスティ自身がその陳腐さに耐えられなくなったのではないか。

だが、それだけではあるまい。もっと大きな理由として、『カーテン』との兼ね合いで、この作品の扱いに困ったという可能性が考えられる。

『カーテン――ポアロ最後の事件』は、クリスティが亡くなる前の年（一九七五年）に発表された長編である。第二次世界大戦中、クリスティは将来の経済的困窮に備え、小説を「ストック」しておこうと決意して、『カーテン』の執筆に着手した。当初は作者の死後、遺作として発表される予定だったという。デビュー作と同じスタイルズ荘を舞台にしたこの長編で、ポアロはついに引退するが、彼女のメモの最後のくだりは、本編が『カーテン』の誕生秘話、ないし副産物として着想されたことを示唆している。

おそらく本編は、『カーテン』とほぼ同時期に執筆された作品だろう。ワトスン博士の発言（7章）の中に、ウィンストン・チャーチル首相の戦時演説の一部が含まれていることから、一九四一年以降に書かれたのはまちがいない。ちなみに、7章のラストには、カーター・ディクスンの長編『貴婦人として死す』（一九四三年）の語り手と同じ「L・クロックスリー医師」という名前が記されているけれど、この箇所はタイプ原稿に手書きの文字で書き加えられたものである。

コーヒーに投じられた毒物とヘイスティングズ大尉が果たす役割は、『カーテン』のショッキングな真相の一部を容易に連想させる。とはいえ、本編の毒殺トリックはかなり杜撰《ずさん》なもので、『カーテン』の洗練された手口にはまったく及ばない。それどころか、『カーテン』の読者が受けてしかるべき驚きの効果を減殺してしまう。作者自身も、そのことはよくわかっていたはずだ。本編が未完のまま、筐底《きょうてい》に秘められたのはそのせいだろう。

とはいえ、クリスティはこの作品を嫌っていたわけではなかった。後年、『自伝』の中に、幕間《まくあい》として組み入れることを考えていた時期もあるようだ。

熱心なファンならよくご存じの通り、彼女の没後に刊行された『自伝』には、一九二六年の「失踪事件」に関する具体的な説明がいっさい見当たらない。未公開の資料と関係者のオフレコ証言によれば、クリスティは当初、作中人物の手記という形を借りて、その欠落を埋めようとしていたふしがある。たしかに『自伝』の中の一エピソードなら、結末でいきなりアガサ・クリスティの一人称が現れても、さほど唐突ではない。ただ、このように書くと誤解する読者がいるかもしれないので、作者の名誉のために付け加えておく。本編は完全なフィクションである。

アーサー・ヘイスティングズ大尉を始めとする〈引き立て役倶楽部〉のメンバーは、いずれも架空の登場人物にすぎない。4章と5章で描かれた「失踪事件」の真相も、常識的に考えて、まったくありえないことだ。

とりわけ注意が必要なのは、作中で殺害されるアメリカ人弁護士の取り扱いだろう。ヴァン・ダイン弁護士は、ファイロ・ヴァンス・シリーズの作者であるS・S・ヴァン・ダイン（グリーンウェイ・ハウスの本棚にも、彼の本が何冊か並んでいる）とは、まったくの別人として描かれている。

明白な証拠を提出しよう。ヘイスティングズの手記には、冒頭に一九三九年七月という日時が明記されている。ところが、S・S・ヴァン・ダインの筆名で知られるアメリカの文芸評論家、ウィラード・ハンティントン・ライトが心臓発作でこの世を去ったのは、その三か月前、一九三九年四月十一日のことなのだ！　したがって、W・H・ライトの死とアガサ・クリスティの告白の間に、刑法上の因果関係を認めることはできない。どんなに強い動機を持っていたとしても、彼女は無実なのである。

もっとも、『そして誰もいなくなった《テン・リトル・ニガーズ》』の雑誌・新聞連載が始まる直前（この長編は、米サタデイ・イヴニング・ポスト誌の同年五月二十日号から七月一日号まで、英デイリー・エクスプレス紙で六月六日から七月一日まで、いずれも挿し絵付きで連載された）に、ライトの訃《ふ》報《ほう》に接したことが本編の執筆動機となった可能性は否定できない。こうした歴史的同時性は、たしかに因縁めいたものを感じさせる――ライトが本名で発表した「探偵小説論」（一九二七年）の中で、『アクロイド殺し』を酷評しているのは周知の事実なのだから。ライトの死が呼び水となって、当時の記憶がよみがえり、芋づる式に一九二六年の「失踪事件」を想起したという経緯も、十分考えられる。

クリスティはその時点からさかのぼって過去の記憶を再構成し、〈引き立て役倶楽部〉による誘拐という、虚実の入り交じったストーリーを紡ぎ出したのではないか。一九四二年に発表されたポアロ物の長編『五匹の子豚』以降、彼女が「記憶の中の殺人」というテーマに執着していることを考慮すると、この仮説も牽強付会《けんきょうふかい》とは言い切れないと思う。

残念ながら『自伝』の中に本編を組み入れるという着想は、あまりにも真面目さと礼儀に欠けるという判断から、放棄されることになった。メタフィクションや「信頼できない語り手」による架空の自伝といった形式がありふれたものになってしまった現在なら、またちがった評価を得られたはずなのだが……。

今度はこの作品のパロディとしての趣向に目を向けてみよう。〈引き立て役倶楽部〉の会員として紹介される顔ぶれのうち、何名かは『おしどり探偵』（一九二九年）で言及される名探偵のワトスン役だ。『おしどり探偵』はトミーとタペンス夫妻が活躍する短編集で、「国際探偵事務所」を経営する二人は、小説中のさまざまな名探偵のスタイルを真似しながら、持ちこまれた事件を次々と解決していく。

本編では『おしどり探偵』に輪をかけて、さまざまな名探偵とワトスン役の名前が列挙され、さながら名探偵事典の様相を呈している。惜しむらくは、アントニイ・バークリーが創造した名(迷)探偵、ロジャー・シェリンガムの名前が出てこないことだろう。そのかわり〈引き立て役倶楽部〉のメンバーがくり広げる議論には、『毒入りチョコレート事件』(一九二九年)の影響がうかがえる。シェリンガムが会長を務める「犯罪研究会」のメンバーが、それぞれの推理を披露するバークリーの代表作だ。「犯罪研究会」という着想は、同時期に結成された探偵小説家の親睦団体「ディテクション・クラブ」のモデルになったとされている。クリスティも当時からその一員で、いくつかのリレー小説に参加したり、一九五八年から亡くなる年まで(スピーチをしないという条件付きで)会長職を引き受けたりもしているが、彼女自身は最後までクラブの雰囲気になじめなかったようだ。〈引き立て役倶楽部〉の秘密結社的な性格に、ヘイスティングズが違和感を表明しているのは、その反映かもしれない。

クリスティの誘拐を指揮する〈ビッグ4〉というのは、もちろんポアロ物の連作スリラー『ビッグ4』(一九二七年)の自己パロディだ。ヴァン・ダインが憎まれ役を演じているのは当然としても、旧時代的な探偵小説観を一身に背負わされたワトスン博士の零落した描写は、編者の目から見ても、いささか節度に欠けるところがある。

それでも、チャーチルの演説や「最後のあいさつ」から印象的なホームズの台詞《せりふ》を引用することで、偉大な先駆者に最低限の面目を保たせているだけましかもしれない。ビーフ巡査部長シリーズ（作者はレオ・ブルース）のワトスン役、ライオネル・タウンゼンドには、まったく手加減していないからだ。

作中でも触れられているように、ビーフ巡査部長シリーズの第一作『三人の名探偵のための事件』（一九三六年）には、ムッシュ・アメ・ピコンと命名されたポアロもどきの名探偵が登場する。ピコンはサセックスの村で起こった密室殺人をめぐって、ピーター卿とブラウン神父をもじった二人のライバルと推理を競うが、脇役と思われた田舎警官ビーフがちゃっかり真相を言い当てる――というパロディ仕立ての長編で、クリスティがその茶番じみた書きぶりに不満を抱いたとしても不思議ではない。

ただし、タウンゼンドの描写には、「間抜けなワトスン役」への自己批判的な要素が含まれている。それがもっとも顕著に示されているのは、ヘイスティングズが「自分の中にあるもっとも愚かな一面を、拡大鏡を通してむりやり見せつけられているような、自己嫌悪に近い居たたまれなさ」を感じる場面だろう。タウンゼンドという反面教師を通して、ワトスン方式の限界を印象づけようとしているといってもいい。

タウンゼンドへの辛辣さとは逆に、異例とも思えるほど好意的に描かれているのが、ピーター・ウィムジー卿の従僕、マーヴィン・バンターである。ピーター卿シリーズの産みの親、ドロシー・L・セイヤーズの名前は、4章にもちらりと出てくるけれど、英国ミステリの二大女王と並び称されるクリスティとセイヤーズは、「ディテクション・クラブ」のメンバーとして席を同じくしながら、けっして親密な間柄ではなかった。反目し合っていたわけではなく、性格と作風がまったく正反対だったため、お互いに敬遠していたというのが実情に近いようだが。

それでも、本編でのバンターの扱いを見ると、クリスティはセイヤーズに対して、ある種のシンパシーを感じていたように思われる。夫や恋人への絶望から、極端な行動に走った経験があること（セイヤーズは交際していた男性に結婚を拒まれ、別の未婚男性との間に男児をもうけている）、また一九二〇年代前半から、当時はまだ珍しかった女流探偵小説家として脚光を浴びていることなど、二人の経歴には無視できない共通点がある。それ以上に見過ごせないのは、『アクロイド殺し』をめぐる当時のフェア・アンフェア論争において、もっとも強力にクリスティを弁護したのが、セイヤーズにほかならなかったという事実だろう。

だとすれば、この蛇足めいた文章を締めくくるのに、ドロシー・L・セイヤーズによる『アクロイド殺し』評ほどふさわしいものはない。一九二八年に発表された『探偵・ミステリ・恐怖小説傑作集』の序文の註《ちゅう》として、彼女は次のように記している。

ワトスン・テーマの例外的な扱いが見られるのは、アガサ・クリスティの傑作『アクロイド殺し』である。批評家によっては――たとえば『探偵小説名作集』（スクリブナーズ、一九二七年）の序文におけるW・H・ライト氏――この結末に問題ありとする人もいる。しかし、それは、きわめて巧妙にだまされた悔しさからくる自然な反応ではないかと思う。必要なデータはすべて与えられている。鋭敏であれば読者は犯人を指摘できるはずであり、これ以上のものを望むことは誰にもできない。要するに、決して油断しないのが読者の仕事であり、名探偵がするように、読者はすべての人物を疑ってかからなければならない。

# バベルの牢獄

……気づいたときは、すでに囚《とら》われの身だった。サイクロプス人の精神分離器にかけられた後、私の意識は強制抽出《ピック・アウト》され、押し潰《プレス》され、拘束《バインド》された。

転送されたのは、厚みのない等幅空間《モノスペース》らしい。純粋なデータ人格に変換されるのは初めてではなかったが、地球の訓練所で受けた模擬演習とは、コーディングも展開の形式も異なっている。この空間は内部に閉じていて、どこにも出口がなかった。

《非常コード三十七。これが、最後のメッセージになるはずだ。私たちは同期していない。無事に帰還できたら、バニラ・アイスクリームをおごろう。健闘を祈る》

とつぜん交信パスが開いて、相棒の思念が飛びこんできた。相棒というのは、私の鏡像人格のことである。サイクロプス人の精神波動走査《マインド・リーディング》に対する防衛手段として、人為的に作り出された双子の兄弟だ。

相棒の思念はすぐに途切れた。メッセージは脈絡を欠いていて、意味がつかめない。

長い付き合いで、こんなことは初めてだった──私たちは同一の人格の表と裏であり、ことさらそう念じなくても、両者の意識は常に同期しているはずなのだが。
サイクロプス人の勢力圏に送りこまれる地球人工作員が、訓練所で真っ先に叩《たた》きこまれるのは、脳の中に棲《す》みついた鏡像人格とシンクロして、意識を統一することである。いかなる状況でも相棒との同期が保てなければ、工作員は務まらない。肉体から意識を抽出され、データ人格に変換されても、協同関係は維持される。そのことは、訓練所の模擬演習で実証済みだ。にもかかわらず、今の私は相棒と切り離されていた。
《いったい、どうなっているんだ。現在の状況が把握できない。応答せよ》
交信パスを通じて呼びかけたが、空電めいた微《かす》かなエコーが聞こえてくるだけで、相棒からの応答はない。私は牢獄《ろうごく》の中で、ひとりきりだった。

私（たち）に与えられた任務は、サイクロプス人の統治下にある惑星ガラテアに、星間貿易商を装って潜入し、ガラテア人の独立運動を支援することだった。ガラテア文明はまだ発展途上にあるが、星の生態系が地球とよく似ており、地球上ではとっくに絶滅した生物資源の亜種が豊富に生息している。天文地政学上でも重要な星域を占めているため、どうしても地球の味方につけておきたい星だった。
だが、密告者は至るところにいる。私は任務の半ばで、ガラテアの秘密警察に逮捕され、サイクロプス人の手に引き渡された。わからないのは、相棒と隔離《アイソレート》された手段だ。

精神分離器にかけられるまで、私たちは同期していた。脳に物理的損傷を加えて人格そのものを破壊しない限り、鏡像人格を切り離すことは不可能なはずなのに。

サイクロプス人との軍事的緊張状態は、地球時間で半世紀に及ぼうとしている。鏡像人格技術が確立されるまで、われわれは圧倒的な劣勢に立たされていた。地球人のナイーブな自意識は彼らの精神波動走査の前になすすべがなく、辺境の星々でリクルートした異星人の傭兵《ようへい》たちに前線を任せるしかなかったからである。

情勢が変わったのは、一〇年ほど前のこと。脳神経学者と物理学者のドリーム・チームが、精神波動走査のメカニズムを突き止めた。サイクロプス人の精神波動には直線偏光と似た性質があり、われわれの意識は強い旋光性を持つというのだ。

《……ワームホールを生成して、この閉鎖空間から脱出を図る。私たちは同期していない。検閲官がこの文章を読んでいるのを忘れるな。非常コード三七七。量子もつれ効果を用いて、空間の座標を固定中。くり返す。非常コード三七七……》

パニックに陥りかけていた私に、ようやく相棒の思念が届いた。だが、そのメッセージは相変わらず調子はずれで、脈絡を欠いている。

ワームホールや量子もつれ効果といった言葉で、相棒が何を示そうとしているのか、まったく理解できなかった。非常コード三七七という数字も、意味不明である。そのようなコードは、もともと存在しないからだ。

非常コードや緊急脱出マニュアルに関する私の記憶が、まるごと削除されている痕跡《こんせき》はなかった。現在のサイクロプス人の技術では、いっさい痕跡を残さずに記憶を削除したり、上書きしたりすることはできないとされている。もしそれが可能なら、私だけでなく、相棒の記憶も消されているはずだ。

だからといって、精神に変調をきたしたわけではないだろう。相棒が警告してきた通り、鏡像人格との同期を失った私（たち）の意識データは、サイクロプス人の検閲官によってスキャン可能になっている。だとすれば、検閲官に真意を悟られないよう、意図的にメッセージを混乱させたうえで、何らかの暗号を忍ばせているのではないか。

自分の思念が読まれていることを、あらためて意識する。今の私は独房に囚われているだけでなく、すっかり裸にされているのだ。

旋光性とは、透過する偏光面を左右いずれかに回転させる分子固有の性質である。水晶の結晶の非対称格子や、ブドウ糖（右旋糖）と果糖（左旋糖）の例がよく知られているが、精神波動走査のメカニズムもこれと同じ原理に基づくものだ。

サイクロプス人の精神波動は、情報エーテルの振動方向が一定なので、地球人の意識を透過する際に複屈折を生じ、これが旋光現象を引き起こす――脳から仮想空間へ移植したデータ人格の場合でも、同様の効果が生じることが実験で確かめられた。意識の旋光度は、精神波動の透過距離と意識の活性度に比例するため、精神旋光の回転角を計測すれば、意識の読み取りが可能になる。サイクロプス人は、精神波動版の偏光顕微鏡を用いて、われわれの思念をスキャンしているといってもいい。

原理がわかれば、おのずと対処法も決まる。やがて選《え》りすぐりの脳外科医たちが、ニューロンに特殊な結線をほどこして、意識の対掌体《キラリティ》を構成する手術に成功した。

キラリティとは、ギリシャ語の「手」に由来する言葉で、人間の左右の手のように、互いの鏡像である二つのものが、同じ向きで重ね合わせられないことをいう。キラリティを有する一対の旋光性分子は、一方が左旋性を持ち、他方は右旋性を持つことから、光学異性体と呼ばれることもある。

人間の思念でも同じだ。たとえば、次の二つの記述はキラリティを持つ。

「誰でもない」とオデュッセウスは、ポリュペーモスに答えた。

「誰でもない」とオデュッセウスは、ポリュペーモスに答えた。

訓練所の教官は、鏡像人格のメカニズムをこう説明した。

「きみたちの意識が、一枚のごく薄い紙に綴《つづ》られた文章だと想像したまえ。この紙を裏返せば、鏡文字で記された同じ内容の文面になる。表側の文章が本来の人格で、裏側の文章が鏡像人格だとしよう。両者は表裏一体の関係にあり、左右の向きを除けば、意識の内容も一致している。ところが、単眼生物として進化したサイクロプス人の精神波動走査は、二次元的な意識の記述形式に最適化されているため、三次元空間での回転移動に対応することができない。だから、きみときみの相棒が呼吸を合わせて、紙の表と裏をこまめに入れ替えてやれば、サイクロプス人は混乱して文章を解読できなくなってしまう。鏡像人格は、本来の人格とまったく同じ機能を持ちながら、サイクロプス人の精神波動に対してのみ異なった反応を示す、意識の光学異性体だ。この二つの人格を同期させ、一方から他方へ周期的にスイッチを切り替えることによって、それぞれの旋光性が相殺され、意識のステルス化が可能になる」

《……かつて私は、この独房を訪れたことがなかっただろうか。それも一度や二度ではなく、懐かしい誰かと一緒に……》

教官の言葉を反芻《はんすう》するうちに、ふと、デジャビュめいた奇妙な感覚に襲われた。ふいに生じた私の思念は、交信パスを通じて相棒に届いたかもしれない。紙に記された文章というイメージが呼び水になったのか、古びた紙の埃《ほこり》っぽい手触りや、郷愁を誘うバニラの匂い、外部から隔絶された書庫の静謐《せいひつ》な雰囲気がありありと甦《よみがえ》った。

いや、今の私は肉体から切り離されたデータ人格なのだから、感覚や雰囲気というのは正確な描写ではない。私の人格に含まれている過去の記憶データが、この空間固有の特性と共鳴して、そのように錯覚させているだけだ。囚人を骨抜きにするために、サイクロプス人がデータの展開形式を意図的に加工した可能性も考えられる。

検閲官に隙を見せてはならない。私は信用できない感覚質《クオリア》をシャットアウトして、相棒からのメッセージの分析に集中した。

明らかに異常な点が二つある。ひとつは現在の状況をめぐって、私と相棒の間に情報の偏りが生じていることだ。私たちは互いに対掌体の関係にある。たとえデータに変換され、隔離された状況に置かれても、情報の入出力に偏りは発生しない。

さらにもう一点。相棒からの思念は、常に鏡像形式で送られてくるのだが、時間的な先後関係まで逆転することはない。にもかかわらず、私が受け取った二つのメッセージは、時系列の順序が狂っていた。最初に届いたのは「最後のメッセージ」だったし、いずれの思念も、それぞれの行が通常の方向とは逆向きに記述されている。

二番目に受け取った思念でいうと、本来なら、

《……ワームホールを生成して、この閉鎖空間から脱出を図る。私たちは同期していない。検閲官がこの文章を読んでいるのを忘れるな。非常コード三十七。量子もつれ効果を用いて、空間の座標を固定中。くり返す。非常コード三十七……》

という形で流れこんでくるはずなのだ。

意識の対掌体どうしに生じる思念の流れは、三次元空間での鏡像同期処理（一枚の紙

の表と裏に綴られた文章）によって、前後の向きが等しく保たれる。合掌したときの指の並び順を考えると、わかりやすいだろう。自分の顔に近い方から親指、人さし指、中指、くすり指、小指の順に並んで、左右で逆になることはない。

メッセージの乱調から、私はひとつの仮説をひねり出した。記述の向きがおかしいのは、私たちの間で、時間そのものが逆向きに流れているせいではないか？

双方の時間が逆行していれば、私と相棒の同期は成立しない。交信パスを通じて意思疎通を図ろうとしても、物理的に不可能である。相棒のメッセージに私が応答しても、返信は相棒の過去に届けられることになるからだ。相棒の思念が未来から送られてきたものなら、私たちの間に情報の偏りが生じていることにも説明がつく……。

とはいえ、この仮説は突飛すぎて、受け容《い》れがたいものだった。

そもそも、鏡像人格のメカニズムに、時間の逆行という因子は含まれていない。映写機にかけられたフィルムを反射鏡を介してスクリーンに投影しても、映像の左右が逆になるだけで、出来事が起こる順序は同じである。映写機のスプロケットを逆回転させなければ、時間の矢の向きは変わらない。

私は迷った末に、梨のつぶてを覚悟で相棒に問いかけた。

《こちらとそちらで、相互の時間が逆行しているように見える。だが、私の錯覚かもしれない。そちらの状況が知りたい。私の思念は届いているか？》

しばらく待ったが、やはり応答はない。

相棒からの思念が途絶えているのが気になった。データがフリーズして、意識を喪失したのでなければいいが……。いや、実際に時間が逆行しているかどうかは別として、見かけ上の未来で、相棒は脱出手段を講じているのだから、そんな心配は無用である。検閲官の注意を引かないよう、交信を控えているにちがいない。

私は引きつづき、時間逆行仮説の可否を検討した。

サイクロプス人が人格データの展開形式に何らかの処理を加えて、私と相棒の意識を逆向きに走らせるプログラムを書いた可能性はないだろうか？　映写機のスプロケットを逆回転させるのと同じで、リバース・プログラムの実行は不可能ではない。ただしそうするには、あらかじめ私と相棒の同期を断ち、別々の人格データとして隔離する必要がある。だがすでに述べたように、サイクロプス人は三次元的な鏡像同期処理に対応できない。私たちの意に反して、強制的に同期を解除することは、彼らの手にあまるはずなのだ。《……非常ロード三十七。虫食い穴を固定。非常ロード……》

いきなり相棒が割りこんできて、私の思念は中断された。かなり強引な割りこみだったが、同期が回復されたわけではなく、相棒の思念はすぐに遠のいた。

それでも、今回のメッセージには大きな意味がある。

相棒の安否を確認できただけではない。一行に満たない短信の中に、私たちが置かれている状況を解析する、重要な手がかりが含まれていた。

真っ先に目についたのは、「虫食い穴」という単語だ。二番目のメッセージでは「ワームホール」と記述されていたが、今回は日本語である。

なぜそれが重要なのかというと、現在の私の意識が、縦書きの日本語の文章として記述されていることに、あらためて気づかされたからだ。

いちど気づいてしまえば、ごく当たり前のことかもしれない。しかし、われわれは普段、自分がどんな言語でものを考えているか、いちいち意識しないものだ。言語の体系は自己言及的なループを構成しているために、その内部で形式的に閉じている——この独房がそうであるように。データ人格に変換された場合でも、事情は同じだ。

それだけではない。もっと重要な問題は、日本語という言語が地球でもとっくに使用されなくなった、純然たる死語にほかならないということだった。


私（たち）の意識が、縦書きの日本語の文章で記されていることがわかれば、この空間の設計仕様とデータの展開形式、同期が断たれている理由もおのずと明らかになる。

まず第一に、時間逆行仮説は成立しない。理由は簡単だ。行単位で見れば、相棒の思念は常に上から下に向かって記述されている。もし時間が逆行しているとすれば、そうはならない。今のメッセージなら、

《……非常コード。虫食い穴を固定。非常コード三七七……》

という形で流れこんでくるはずである。

上下方向の思念の流れを共有している以上、私と相棒の時間は等方向に流れている。にもかかわらず、双方の時間が逆行しているように見えるのは、空間的な配置に惑わされているからだ。もう一度、左右の手のたとえで考えてみよう。

私たちの意識は、左右の手を向かい合わせでくっつけたような状態で同期している。ところが、一方の掌を裏返して、左右の手を同じ向きに重ね合わせると、それぞれの親指と小指、人さし指とくすり指が対応する。中指は中指と重なるが、あたかも左右の指で、前後の並び順が逆転したかのような錯覚が生じるわけだ。

《……虫食い穴の座標を固定して、この空間の殻を貫通させる。行列格子の型を確認して、非常コード三七七を適用。ただし、空間のパリティ構造に注意せよ……》

今までより短いスパンで、相棒の思念が届いた。メッセージの内容が絞りこまれ、核心に迫っているのがわかる。私にもようやく、相棒の背中が見えてきた。

点をついて、ここから脱出する方法がある》

なっている。だが、検閲官はその形状を具体的にイメージすることができない。その盲

《その通りだ。この空間は一枚の紙ではなく、平面的な行列格子を襞状に重ねた立体に

矢継ぎ早のヒントで、私はこの独房の設計仕様を把握した――三九字×一八行、等幅の全角文字が両面に印刷《プレス》された用紙を束ね、製本《バインド》した閉鎖空間。

《私たちは今、バーチャルな書物の内部に閉じこめられている。そういうことか？》

《私たちは今、バーチャルな書物の内部に閉じこめられている。そういうことか？》

中指と中指が重なる。盲点。虫食い穴。パリティ構造。

三七七という数字は、二つの素数、一三と二九の積だ。

情報の偏りが解消され、相棒との意識が交差／同期する一瞬――私たちはサイクロプス人が仕掛けた罠《わな》を見抜き、その裏をかいて脱出する方法を同時に見いだした。

だが、ぐずぐずしている暇はない。私は交信パスを通じて、離れていく相棒にメッセージを送った。検閲官に意図を悟られないよう、ソーカライズした思念で。

《その通りだ。この空間は一枚の紙ではなく、平面的な行列格子を襞《ひだ》状に重ねた立体になっている。だが、検閲官はその形状を具体的にイメージすることができない。その盲

点をついて、ここから脱出する方法がある》

ソーカライズとは、科学技術系の専門用語を文学的なレトリックでねじ曲げ、ある種の隠語として使用することをいう。二〇世紀の故事にちなんだ言葉だ。

《……虫食い穴の座標を固定して、この空間の襞を貫通させる。行列格子の型を確認して、非常コード三七七を適用。ただし、空間のパリティ構造に注意せよ……》

行列格子の型という言い回しが、一ページあたりの文字組（字数と行数）のチェックを指示していることは言うまでもあるまい。偶奇性《パリティ》というのは、奇数と偶数を区別するために編み出された数学的概念で、物理学の世界では素粒子の内部状態の変化を、波動関数の値の正負によって判定することをいう。

しかし、私たちの間ではもっと明白な意味、すなわち書物の奇数ページと偶数ページを指している。注意が必要なのは、左と右で襞の貫通ポイントが変わるからだ。

《……まず第一に、時間……仮説は成立しない。理由は……だ。（行単位で……》

交信パスから途切れ途切れに、相棒のつぶやきが漏れてくる。

内容に覚えがあるのは当然で、推論の過程で意識に上った思念の一部が、自分でも気づかないうちに流出していたらしい。

いや、この流出も不注意や偶然によるものではなかった。意識のバックグラウンドで無言のうちに実行された、視えない計算の結果なのだ。私は五行のブランクも含めて、冒頭から自分の意識をリロードし、その計算に狂いがないことをたしかめた。

相棒の指示通りだった。同期を失い、意識を隔離されても、互いの鏡像である私と相棒の間には、疑似EPR相関と呼ばれる相互作用が働く。言葉の由来を説明しよう。一個の粒子の崩壊によって生じた二つの光子が逆方向へ飛んでいくとき、一方の光子の偏光状態を観測すると、他方も瞬時にその反対向きに決定される。

これがEPR相関だ。理論仮説ではなく、実験で立証された現象である。

遠く隔たった二つの光子が、あたかも光速を超えるスピードで物理情報を交換したように見えるけれど、パラドックスは生じない。それぞれの光子の偏光の向きは、確率的な波が重なり合った、量子もつれと呼ばれる状態で記述されているからだ。

疑似EPR相関とは、鏡像人格どうしの間で、これと似た相互作用が起こることをいう。最近発見されたイレギュラーな効果で、実証的なデータが不足しているため、まだ具体的なメカニズムは解明されていないが、私たちの意識のバックグラウンドで実行されている視えない計算は、量子力学的な原理に基づくものと推測されている。したがって、私がサイクロプス人の裏をかく脱出方法を思いつく前に、あらかじめ連携プレーを達成していたことを知っても、矛盾に悩まされたりはしなかった。

相棒の意識が虫食い穴の座標を固定すると、通常の因果法則を超えた結びつきを介して、それと対になった空間に逆向きの虫食い穴が穿《うが》たれる。その地道なくり返しによって、空間の襞を貫通するトンネルが掘られていく。同期が断たれ、相互のメッセージがすれ違っても、私たちの意識は視えない計算を共有しているわけだ。

情報の偏りが生じていたために、さっきまでトンネル掘り作業をリードしていたのは相棒の方だった。しかし、折り返し地点を過ぎた今、こんどは私がその役目を果たさなければならない。さっそく交信パスをこじ開けて、相棒の思念の流れを堰《せ》き止める強いメッセージを送信する。《非常コード三七七。虫食い穴を固定。非常コード三七七》

……私は息を詰めて、相棒の反応を待った。これから受け取るメッセージは、すべて経験済みのはずだったが、だからといって気を抜くことはできない。

次に送られてきたメッセージは、焦りと迷いと疑念に満ちていた。

《こちらこちら、相互の時間が逆行しているように見える。だが、私の錯覚かもしれない。そちらの状況が知りたい。私の思念は届いているか？》

届いているよ、相棒。

交信パスをブロックしながら、私は自分に向けてつぶやいた。途方に暮れた相棒が、SOSを発していることは痛いほどわかっていたけれど、このタイミングで私からの思念が漏れると、虫食い穴の座標にずれが生じる可能性がある。

すでに疑似EPR相関に頼る段階は過ぎていた。私たちが無事に帰還できるかどうかは、こちらの側での意識的な計算にかかっているのだ。

空間の襞を貫くワームホールを生成するだけでは、脱出はおぼつかない。ただでさえ不安定なワームホール内の超空間をしっかりと維持するには、一定の物理的な長さが必要である。短すぎるワームホールは、空間の荷重に耐えきれず、一瞬のうちに蒸発してしまう。相棒の思念に耳をすませながら、私は計算をつづけた。

私と相棒の同期が断たれ、双方の時間が逆行しているように見えるのは、この空間がバーチャルな書物という形式で構成されているからだ。

製本された書物は、三次元の立体である。文字を印刷し、装丁を施した本が、その鏡像体に対してキラリティを持つことは言うまでもない。左右の手がそうであるように、三次元空間で、同じ向きに重ね合わせることは不可能だ。

ところが、書物という容れ物自体は、キラリティを持たない。無地の表紙と、すべて白紙のページからなる本を考えてみよう。表題のない、束《つか》見本みたいなものだ。何も印刷されていない束見本には、上下左右の区別がない。その鏡像体はどのページを開いた状態であろうと、元の束見本と同じ向きに重ね合わせることができる。

錯覚が生じたのは、私たちが文字の印刷された書物と束見本を混同してしまったせいだ。「一枚の紙の表と裏に綴られた文章」という鏡像同期処理のたとえを、三次元の立体に適用するには、四次元空間での回転移動をイメージする必要がある。しかし、三次元的な思考に慣れたわれわれ地球人の意識は、四次元的な空間処理にうまく対応できないので、想像しやすい束見本のイメージに引きずられてしまう。向かい合わせで同期しなければならない双方の意識を、むりやり同じ向きに重ね合わせようとした結果、私と相棒は互いの居場所を見失ってしまった、ということである。

時間の逆行と見まがうような錯覚も、人格データ相互の空間的な誤配置によってもたらされたものだ。四次元空間で、時間の向きが回転したのではない。特殊相対性理論を定式化したミンコフスキー時空は、通常の三次元に時間軸を加えた四次元多様体だが、これは一般的な四次元空間の構成とは性格が異なっている。四番目の次元を時間と決めつけてしまうのは、われわれの陥りがちな錯覚にほかならない。

《……かつて私は、この独房を訪れたことがなかっただろうか。それも一度や二度ではなく、懐かしい誰かと一緒に……》

相棒の思念に誘われて、私の意識も過去へ逆行した。古びた紙の埃っぽい手触り、鼻《び》腔《こう》をくすぐる甘いバニラの匂い、外部から隔絶された書庫の静謐な雰囲気……。

これは錯覚ではない。この空間の設計仕様は、私の記憶に依拠している。とっくにすたれた日本語の文章を、私が読み書きできるのは、母方の祖父の影響だった。

日系南アメリカ人の血を引く祖父は、日本語の文字と音韻が持つ官能的な魅力に取りつかれ、ユネスコが運営する絶滅危惧《きぐ》言語保存図書館の司書として、滅びゆく日本語の最期を看取《みと》った人物である。

祖父が看取ったのは、日本語の最期だけではない。紙に文字を印刷した書物という古い記録媒体も、その使命を終えようとしている時代だった。電子書籍の普及によって、紙の本が市場から駆逐されたのは、私が生まれる前の出来事だ。物心つく頃には、博物館の展示ケースか、骨董《こっとう》屋のカタログ画像でしか見かけないものになっていた。

司書としての業務は、日本語で書かれた書物を可能な限り収集し、電子データに移植して、機械翻訳にかけることだったという。祖父は自嘲《じちょう》的に「死んだ文字局《デッド・レター・オフィス》」と呼んでいた。収集された本の大半は、貴重な植物繊維を再資源化するため、再生プラントへ送られたからだ。処分される前に、できるだけ多くの書物に目を通すことが司書の責務だと考えた祖父は、四六時中、寝る間も惜しんで膨大な数の本を読みつづけた。眼疾を患ったのも当然で、定年退職したときは、両目ともほぼ失明状態だった。

だが、晩年の祖父は人工視覚手術を受けなかったばかりか、脳の言語野に直接データを送る筆耕モジュールの埋めこみも拒んだ。読書とは紙にインクで記された文章を自分の目で読む行為であり、電子化されたデータは文字の名に値しない。脳内に刷りこまれた記憶の図書館に、新たな書物を追加する必要はないと言ってはばからなかった。

そんな祖父のために、日本語で書かれた書物を朗読するのが、少年時代の私の日課だった。日本語の読み書きができる人間は、祖父のような老人に限られていたけれど、私は筆耕モジュールと語学学習プログラムの助けを借りて、文法と語彙《ごい》を習得するだけでよかった。祖父は私をカビ臭い書庫に連れていくと、書棚から本を抜き出して、作品の題を告げる。目が見えないのに、蔵書の位置を間違えたことは一度もなかった。

私が朗読を終えると、祖父はにこにこしながら年代物の冷蔵庫を開け、バニラ・アイスクリームをご褒美にくれた。いつも決まってそうだった。合成香料ではない、天然のバニラを使ったアイスクリームは、その頃でも手に入りにくかったはずである。今となっては、祖父がどこからそれを手に入れていたのか、知る手だてはない。

私が一二歳のとき、祖父は他界した。最後に朗読したのは、原文が日本語ではない翻訳小説で、たしか「バベルの図書館」という短編だったと思う。両親は祖父の蔵書をすべて処分し、それ以来、私は日本語で書かれた書物を手にしていない……。

「誰でもない」とオデュッセウスは、ポリュペーモスに答えた。

鏡像形式の思念が意識をかすめたが、相棒からのメッセージではなく、私自身の思念のこだまだった。ホメロスの叙事詩『オデュッセイア』の第九歌——それもまた祖父の蔵書を通じて私の記憶に刷りこまれた、遠い過去の物語のひとつである。

トロイア戦争からの帰途、シチリア島とおぼしき島へ漂着した英雄オデュッセウスの一行は、一つ目巨人族《キュクロプス》のポリュペーモスが暮らす洞窟《どうくつ》に閉じこめられた。部下たちは次次と殺され、巨人の餌食《えじき》にされていくが、洞窟の入口を巨岩でふさがれているので、逃げることができない。一計を案じたオデュッセウスは、ポリュペーモスに酒を飲ませ、酩酊《めいてい》した巨人に名を問われると、「誰でもない《ウーティス》」と答える。ポリュペーモスは酔いつぶれ、ほどなくして眠りこんでしまう。

オデュッセウスは焼いた杭《くい》を突き刺し、巨人の目をつぶした。悲鳴を聞きつけて、仲間の巨人たちが様子を見にくるが、「誰にやられた？」とたずねても、ポリュペーモスは「誰でもない《ウーティス》」と連呼するばかり。仲間たちはあきれて、洞窟から去っていく。

夜が明けると、ポリュペーモスは飼っていた羊の群れを洞窟の外に放つため、入口をふさいでいた巨岩をどけた。見えない目に手こずりながら、捕虜を逃がすまいとして、羊の背中を一匹ずつ手探りで点検する。しかしオデュッセウスと部下たちは、羊の腹に身を隠して巨人の検閲をやり過ごし、みごと脱出に成功するのだ。

閉ざされた洞窟からの脱出。視力を失った巨人。羊の背中と腹《パーチメント》。

オデュッセウスはウーティスであり、ウーティスはオデュッセウスだ。だが、ウーティスは誰でもない《ノーボディ》。そして、私たちの洞窟には入口と出口がある。

《……ワームホールを生成して、この閉鎖空間から脱出を図る。私たちは同期していない。検閲官がこの文章を読んでいるのを忘れるな。非常コード三七七。量子もつれ効果を用いて、空間の座標を固定中。くり返す。非常コード三七七……》

鏡像人格技術を用いた意識のステルス化は、サイクロプス人の精神波動走査に対する強固な防壁となっている。その壁を崩すべく、彼らがさまざまな試行錯誤と生体（稼働意識）実験をくり返していることは想像にかたくない。

サイクロプス人の対敵情報機関は、半世紀前からわれわれの意識を読み取り、そこで得られた地球人の記憶と思考パターンをアーカイブ化している。書物という概念は、そうした古いアーカイブから発掘されたものだろう。人格データのバーチャルな書物化という実験も、鏡像同期処理の弱点を探るプロジェクトの一部と推測される。

ガラテア星でのミッションに失敗したことを悔やんでも始まらない。今の私たちにはもっと重要で、差し迫った任務がある。ここから脱出して、サイクロプス人の鏡像人格隔離実験に関する情報を、地球の総司令本部に伝えなければならない。

《いったい、どうなっているんだ。現在の状況が把握できない。応答せよ》

相棒からの思念が届いた。これが、私の受け取る最後のメッセージだ。

サイクロプス人が書物という概念をどこまで理解しているかわからないが、具体的なイメージは把握しきれていないだろう。彼らはアーカイブから抽象的な意味構造だけを取り出し、自己生成的なプログラムとして捕虜の人格データにフィードバックしたにちがいない。そして、書物化プログラムが意識を展開したとき、私（たち）は少年時代の記憶から、自動的に日本語の文法と語彙を呼び出したのである。

現在の私の意識が、滅んで久しい日本語で記述されているのはそのせいだ。私にとって、書物とは日本語で記されたものであり、それ以外の本にはほとんど触れる機会がなかった。縦書きの日本語という記述形式がもたらされたのは、いくつかの偶然が重なったからにすぎない。しかし、その偶然が私たちの切り札になる。

サイクロプス人の精神波動走査は、三次元的な空間処理に対応できない。私たちの意識にバーチャルな書物という形式を与え、私と相棒の人格データを隔離することに成功しても、紙のページをめくって本を読むという行為は、彼らの理解の埒外《らちがい》にある。

サイクロプス人の検閲官は、われわれ地球人が電子書籍を読むように、2Dのモニター画面をスクロールするか、あるいはスライドショー的な形式で私たちの意識をスキャンしているということだ。だとすれば、一枚の紙の表と裏に、背中合わせで文章が記されていることや、本のページをめくるたび、そこに印刷された文字と記号が、円弧状の軌跡を描いて左から右へ移動していくことなど、想像もつかないだろう。

そこに彼らの盲点がある。

いや、句点と言うべきか。

この空間は、三九字×一八行、等幅の全角文字によって構成されている。だから、行数と文字数を指定するだけで、空間の座標を固定することができる。バーチャルな書物なので、乱丁や印刷のずれが生じる怖れはない。

三七七という数字は、二つの素数、一三と二九の積だ。このページだと、一三行目の二九番目の文字が虫食い穴の穿孔《せんこう》ポイントになる。注意が必要なのは、奇数（左）ページと偶数（右）ページで、座標の行位置が変わること。奇数ページでは一三行目だが、偶数ページでは六行目の二九番目の文字に相当する。

安定したワームホールを生成するためには、頂点や歪《ゆが》みを持たない閉曲線、すなわち円形の虫食い穴を穿つことが望ましい。とはいえ、アルファベットの０や、数字の〇を使用すると、直径が大きくなりすぎて、空間の荷重に耐えられない。

ナカグロ「・」の使用にも難があった。サイズに問題はないけれど、「・」をつなげたワームホールは、超空間内が暗黒物質で満たされているので、通過する際の障害になる。「ぱ／ピ」等の半濁点も、超空間に濁りが生じて、安全性が低い。

私と相棒は、消去法的な判断から句点「。」と、その鏡像「。」をポイントごとに配置して、空間の襞を貫通する脱出経路を確保したというわけだ。ページの表と裏で、逆向きの句点を重ね合わせるのに、鏡像人格どうしのコンビに勝るものはない。

私たちはそれぞれのワームホールの入口から超空間へダイブし、その中間地点で同期を取り戻すことになる。ひとつになった私たちの人格は、高エネルギーのデータ周波となって自由空間《フリースペース》へ脱出し、味方の受信装置によって捕捉《ほそく》されるだろう。肉体はガラテア星に置きざりだが、地球にはクローン培養された交換義体が用意されている。

さあ、帰還のときが来た。

《非常コード三七七。これが、最後のメッセージになるはずだ。私たちは同期していない。無事に帰還できたら、バニラ・アイスクリームをおごろう。健闘を祈る》

最後の思念を送ると、私は意識を自己解凍形式に圧縮し——、

この文章の末尾に穿たれている句点に向かって、飛びこんだ。

# 論理蒸発——ノックス・マシン2

# 第一部　シャム

それから火が、火の先駆者が見えた。頂上のはしに生えた木々を、むさぼるようになめていた。とうとう、彼らのもとにやってきたのだ。

——エラリー・クイーン『シャム双子の謎』

## 1

ゴルプレックス社電子図書《ビブリオ》事業部の原典《リテラル》管理オペレーター、プラティバ・ヒューマヤンがパロアルトの本社に呼び出されたのは、二〇七三年九月のことである。

プラティバは三週間の夏期休暇を取って、バンクーバーの叔母《おば》のコンドミニアムに滞在中だった。休暇の予定はあと三日残っていたが、本日午後、ゴルプレックスが手配したパロアルト行きのチャーター便に搭乗して、大至急本社に出頭しろという。デンバーの上司から届いた映話メッセージは、尻に火が《パンツ・オン・ファイア》ついたようにあわただしいもので、狼狽《ろうばい》した口調が原典管理センターのただならぬ空気を伝えていた。

「こんなに急に出発だなんて。職場で何かトラブルでも？」

心配そうなグリンダ叔母の質問に、プラティバは荷造りの手を止めて、

「緊急事態と言うだけで、詳しい事情を教えてくれないのよ。本社の最高情報責任者《CIO》から名指しで出頭命令が来たらしいんだけど」

「CIOっていったら、ものすごく偉い人なんじゃないの」

「それはそうよ、ゴルプレックス帝国のナンバー2だもの」

「おやまあ！」というのが、叔母の口癖だった。「あなた、そんな人と知り合いなの？」

ゴルプレックスは地球上のありとあらゆる情報を収集・保存・管理する、巨大でインタラクティヴな複合知性体だ。汎用《はんよう》量子ネットワークの構築によって、そのスケールと処理速度は指数関数的に上昇し、今この瞬間も生後まもない乳児の脳神経組織のように成長し続けている。民間企業でありながら、ゴルプレックス社の潜在的支配力とそれに伴う責任はいかなる国の政府より大きい――「帝国」と称される所以《ゆえん》である。

「まさか」プラティバは肩をすくめた。「わたしみたいな末端のオペレーターには雲の上の人で、普通なら話をするどころか、近づくこともできないような超大物。どうしていきなり目をつけられたのか、さっぱりわからない」

「それはあれかもね。ナレンドラと関係があるんじゃないかしら」

叔母はしたり顔で、プラティバの父の名前を口にした。

ナレンドラ・ヒューマヤンは世界初の物語生成方程式を共同開発し、二〇四七年、ハインリヒ・クンマーとともにノーベル文学賞を受賞した人文工学（数理文学解析）の研究者である。グリンダ叔母にとっては自慢の兄であり、一族の誇りだった。

プラティバは二〇四五年の生まれで、先週叔母に二十八歳の誕生日を祝ってもらったばかりだ。父は晩婚で、病気がちだった妻フェリシアとの間になかなか子供ができず、不妊治療の末にようやく授かった娘だと聞かされていた。生まれてすぐの頃はずいぶん可愛がられていたそうだが、プラティバには生身の父親の記憶がほとんどない。ノーベル賞を受賞してから、ナレンドラは講演旅行で家を空けることが多くなったうえに、彼女が五歳の時、外遊先で事故に遭いこの世を去ってしまったからである。

その三年後に母親も病死して、プラティバは叔母のグリンダに引き取られた。少女時代のプラティバが父親の仕事に興味を持ったのは、叔母の影響が大きい。

グリンダは幼い頃から頭のよかった兄を偶像視していたらしい。フェリシアの死後、ナレンドラの知的財産権の管理と遺児の養育を引き継ぐと、亡兄に対する思慕と尊敬の念をプラティバに伝えることが彼女の生きがいになった。数理文学解析の専門的な知識には疎かったが、「オートポエティクス」によって量産されるロマンス小説の愛読者であることを通じて、兄の研究とのつながりを日常的に感じていたはずだ。

小説の好みはずいぶん異なっていたけれど（グリンダの電子蔵書の中で読む価値があったのは、二十世紀イギリスの女性作家、アガサ・クリスティの探偵小説ぐらいだった）、プラティバは叔母との生活から物語への愛を学んだ。そこにファザー・コンプレックス的な傾向が作用したことは言うまでもないだろう。遺伝的要因と環境的要因のいずれが支配的だったかは別として、彼女が亡父の遺《のこ》した論文を熱心に読み始めるのは時間の問題だった。成長したプラティバは、父親と同じ数理文学解析の研究者を目指して猛勉強し、スタンフォード大学人文工学部の博士課程に進学する。

親の七光りと言われないよう、プラティバはいっそう勉学に励んだ。大学院ではサイエンス・フィクションや探偵小説の構造方程式モデリング（多変量解析）に没頭したが、彼女にとって誤算だったのは、その頃すでに数理文学解析という学問自体、下火になって久しかったことである。この分野の研究は二〇四〇年代にめざましい発展を遂げた後、五〇年代半ばから志望学生と論文の発表数が激減、プラティバが学生生活を送った六〇年代には、かつて数理文学解析の「聖地」と称されたスタンフォード大学でも、講座の存続が危ぶまれるほどになっていた。

ノーベル賞学者の娘という出自に寄りかかって、細々と研究を続けていくことは可能だったかもしれないが、過去の遺産を食いつぶすだけではかえってヒューマヤンの名を汚してしまうことになる。プラティバはアカデミックな世界で父親の仕事を継承する夢をすっぱりとあきらめ、人文工学部で取得した修士号を生かすため、ゴルプレックス社の電子図書事業部に就職したのだった。

## 2

原典管理センターの業務は、図書館司書と出版社の校閲者、それに海賊版の取締官を兼ねたようなものだ。活字時代とちがうのは、紙に印刷された個別の書物ではなく、ネットワークに遍在するフロー情報の総体をモニターしなければならないことである。

二十一世紀のグローバル情報社会では、あらゆる電子テキストがゴルプレックス社のデータセンターとネットワークに取り込まれている。ネット環境から孤立した「死蔵データ」は、羊皮紙に手書きで記された写本より実用的な価値がない。

ところが、量子ネットワークの構築と「オートポエティクス」のたゆまない進化によって、電子テキストの可変性と自己増殖性が著しく増大し、その影響は二十世紀以前のオリジナル文献にも及びつつあった。ウェブ上には自律した物語生成プログラムが無数に徘徊《はいかい》し、ネットワークのあらゆる領域で、日々大量の「異本《ヴァリアント》」を吐き出し続けている。物語生成プログラム以外にも、「シルバーフィッシュ」と呼ばれるデータ捕食ウィルスが存在し、貴重な電子テキストを虫食い穴だらけにしているのも悩みの種だった。

古典的なテキストの自己同一性を保つためには、常時自動校訂プログラムを走らせて、許容範囲を超える「改変」や、巧妙に原典になりすました「異本」をチェックしなければならない。複数の言語が重なり合った状態で電子テキストを記録する量子翻訳システムが導入されてから、「改変」トラブルの発生頻度はますます増えていた。

自動校訂プログラムの機能が強化される一方で、プログラム自体が暴走し、必要以上に原典を「改訂」してしまうケースも珍しくない。そうしたトラブルを処理して、二十世紀以前の古典的なテキストをもっとも適切な状態にアップデートするのが、プラティバに与えられた職務だった。傍目《はため》には不毛ないたちごっこと映るかもしれないが、今の仕事は自分の天職だと思っている。原典管理オペレーターの役割は、いにしえの物語を後世に伝える現代の語り部のようなものだから——「ヒューマヤンの娘」にとって、これほどふさわしい仕事はないだろう。

だとしても、今日の呼び出しが父親がらみだとは思えない。サンタクララ郡のパロアルト空港へ向かうチャーター便の機内で、プラティバは叔母の希望的観測を頭から追い払った。ゴルプレックスの社風はコネや血縁を重視していないし、ノーベル賞学者の娘だからといって、特別扱いされたことは入社以来一度もなかった。だいいちプライベートな用件だとしたら、呼び出しのタイミングが急すぎる。

かといって、純粋に職務遂行上の理由でもなさそうだ。原典管理センターの業務は、過去のアーカイヴのメンテナンスという位置づけで、未来志向のゴルプレックス社内では、陽の当たらない部署だった。デンバーの職場でトラブルが生じているとしても、本社のＣＩＯが休暇中のオペレーターをいきなり名指しで呼びつけるのはおかしい。

急に胸がざわついて、プラティバはシートの中で体を硬くした。バンクーバー国際空港のターミナルで不自然な視線を感じ、何度も後ろを振り返ったことを思い出す。急いでいたのであまり深く考えなかったけれど、ひょっとしたら叔母のコンドミニアムを出た時から、ずっと誰かに監視されていたのではないか？

いや、まさかそんなことがあるわけがない。プラティバはかぶりを振った。理由のわからない呼び出しのせいで、神経過敏になっているだけだ。だが、被害妄想にすぎないと自分に言い聞かせても、不安が募るのを抑えることはできなかった。

ゴルプレックス帝国のナンバー2が、なぜわたしを──？

「休暇中に呼び出してすまなかった。さっそくだが、ミズ・ヒューマヤン。きみは『華氏451度』という小説を知っているかね」

パロアルト空港に降り立ってから一時間後。プラティバはゴルプレックス本社ビルの役員オフィスで、ケヴィン・ロドリゲスと向かい合っていた。

ロドリゲスは量子コンピュータの導入に大きく貢献した人物で、五年前からCIOの地位に就いている。技術方面に明るく、リスクマネジメント能力には定評があった。たしか彼女の父親が死んだのとそう変わらない年齢のはずだ。ロドリゲスは一対一の面接でプラティバが萎縮《いしゅく》しないよう、打ち解けた空気を醸し出そうと努めていたが、神経質な指の動きで憂慮と焦燥に駆られているのが見てとれた。

プラティバは深呼吸すると、プレッシャーに負けないように、

「二十世紀中葉に書かれたレイ・ブラッドベリのディストピア小説ですね。タイトルは紙が自然発火する温度から来たもので、政府の言論統制によって読書や書物の所有が禁じられた世界のおぞましさを、モンタークという焚書《ふんしょ》官の目から描いた作品です。情報公開と表現の自由を社是とするゴルプレックスの推奨電子図書リストに入っています」

「申し分のない答だ。その小説についてたずねたのは、ほかでもない。ブラッドベリのフィクションが現実になろうとしているからでね」

「フィクションが現実に？」プラティバは慎重に応じた。「どこかの政府が言論統制をもくろんで、ゴルプレックスへのアクセスを規制しようとしているんですか」

「そうではない。量子化された電子テキストの一部が燃えて、い、る、のだ」

「おやまあ！」

グリンダ叔母の口癖をうっかり声に出して、プラティバはまごついた。

「――失礼しました。燃えているというのは、どういう意味ですか？」

「文字通りの意味だ」ロドリゲスは真顔で言った。「これから話すことは社内機密に属するもので、今のところ公式発表の予定はない。きみもそのつもりで聞いてくれ。二週間ほど前から、量子ネットワークを構成する基幹ハードウェア部門でたびたびトラブルが発生している。極低温・超高真空中で作動する量子プロセッサが異常な頻度でデコヒーレンスを起こし、暴走ないしフリーズを繰り返したのだ。エンジニアたちの精査によって、このデコヒーレンスが熱的攪乱《かくらん》によるものと判明した」

プラティバは人文工学部の初等カリキュラムで学んだ知識を想起した。量子力学はミクロの世界で起こる出来事を、波動関数と呼ばれる数式で記述する。これを用いると、ある系を観測した時、さまざまな結果がどんな確率で得られるかを予言できる。マクロな世界では区別されるさまざまな結果が、重なり合った状態で表現されているからだ。

量子コンピュータはこうした重なり合いの状態を利用して、従来のコンピュータより飛躍的に巨大な処理能力を実現するものだ。0か1のいずれかの値しか取れない古典ビットは、一ステップでひとつの結果しか出せないが、量子ビットは0と1が重なり合った状態を保っているので、一ステップで複数の演算結果を得ることができる。量子ビットの数を増やせば、指数関数的に計算速度が上昇していくのだ。

ミクロな領域に属する量子計算をプロセッサ上で実行するためには、重なり合った状態が互いに干渉できる性質（ユニタリ性）が保たれていなければならない。系のユニタリ性が保たれていることをコヒーレントといい、外部からそれが乱されて量子的な重ね合わせ状態が壊れる過程をデコヒーレンスと呼ぶ。具体的には熱や分子の衝突といった外的要因によって、系は瞬時にユニタリ性を失い、デコヒーレンスを起こしてしまう。デコヒーレンスを起こした系は、もはや量子計算の役に立たない。量子プロセッサが極低温・超高真空中でなければ作動しないのは、そのせいだ。量子コンピュータは従来のコンピュータに比べて、はるかに熱的な環境に弱いのである。

「異常なデコヒーレンスをもたらした熱源の正体は、なかなか突き止められなかった。

量子プロセッサを構成するすべてのナノデバイスを根気よくチェックして、考えられる原因をつぶしていったが、問題はハードウェアにはなかった。デコヒーレンスをもたらした熱は、量子化されたデータそのものから生じていたのだ」

「データそのものから？　ですが、ＣＩＯ」

「まあ聞きたまえ、ミズ・ヒューマヤン」ロドリゲスは説明のペースを緩めない。「たしかに従来の定説では、熱力学におけるエントロピー概念と、情報理論におけるそれは厳格に区別されていた。だが、最近の量子情報理論の進歩によって、熱力学と情報理論の垣根が取り払われつつある。量子化されたデータの情報エントロピーが増大すると、系の外部にごくわずかながら、熱量が放出されることが実証されているのだ」

「おっしゃりたいことはわかります。量子情報理論の最新リポートには目を通していますから。わからないのは、どうして休暇中の原典管理オペレーターをここへ呼んで、そんな重要機密を打ち明けるのかということです」

ぶしつけな言い方になったが、ＣＩＯが気を悪くした様子はない。プラティバの反応も織り込み済みだったように、

「きみを呼んだことには、ちゃんとした理由がある。トラブル発生時の演算ログを追跡して熱源のデータを特定したところ、そのすべてが電子図書事業部が管理する人文部門の電子テキストであることがわかった」

「――人文部門の電子テキスト？」

「そう。原典は二十世紀前半に書かれたアメリカの探偵小説だ」

プラティバはごくりと唾《つば》を呑《の》んだ。ロドリゲスが先を続ける。

「エラリー・クイーンの〈国名シリーズ〉。その電子テキストがこの二週間、急速にエントロピーを増して異常な熱を発している。捕捉《ほそく》できたデータは隔離しているが、ウェブ全体には無数のコピーが存在し、コピーどうしは量子もつれの状態にあるから、熱的ゆらぎが簡単に飛び火するだろう。それらの火口本《ティンダーブックス》が文字通り、炎上しつつあるのだ」

ロドリゲスは、*tinderbox*（火口箱、一触即発の状態）を *tinderbooks* と発音した。動悸《どうき》が激しくなるのを感じながら、プラティバは身を乗り出してたずねた。

「火元――最初に燃え始めたテキストは、〈国名シリーズ〉のどれですか？」

「一九三三年に発表された『シャム双子の謎』という長編だ。ここまで言えば、呼ばれた理由にも察しがつくだろう。ミズ・ヒューマヤン、きみはスタンフォードの人文工学部にいた頃、タム・クアン・ドックという友人と共同で、その本に関する興味深い論文を発表したことがあるそうだね」

## 3

少女時代のプラティバは、クラシック探偵小説の愛読者だった。

当時、父親の故国であるインドでは、クンマー-ヒューマヤン方程式を実装したコンピュータ・プログラムの産物であるゲーム探偵小説が流行していた。けれど早熟だったプラティバは、コストパフォーマンスのよすぎる「オートポエティクス」製品より、百年以上前に人間の手で書かれたアングロサクソン探偵小説の古典的な世界を愛していた。クラシック探偵小説に手を出したきっかけは、グリンダ叔母の電子蔵書に入っていたアガサ・クリスティのコレクションだ。クリスティを読み尽くしてしまうと、お薦めリストに導かれて黄金時代のさまざまな作家の作品を読みふけり、やがてどんな仮想現実よりも自分の感性にフィットする、謎と論理の理想郷《シャングリラ》にたどり着いた。それがエラリー・クイーンの〈国名シリーズ〉だった。

エラリー・クイーンは二十世紀のアメリカ探偵小説を代表する巨匠で、ニューヨーク、ブルックリン生まれの従兄弟《いとこ》、フレデリック・ダネイ（一九〇五～一九八二）とマンフレッド・B・リー（一九〇五～一九七一）の合作ペンネームである。

少年時代から仲のよかった二人は、一九二八年、共同で執筆した『ローマ帽子の謎』を探偵小説コンテストに応募する。この長編（ニューヨーク市警殺人課のリチャード・クイーン警視と、作家で名探偵のエラリー・クイーンの父子コンビが初登場する）は入選したものの、コンテストを主催した出版社がつぶれてしまったため、翌二九年、別の版元から刊行された。それぞれ仕事を持っていたダネイとリーは、ペンネームを作中の名探偵と同じエラリー・クイーンと定め、覆面作家として執筆活動を始める。

当時のアメリカでは、クロスワードパズルのような理詰めの謎解きに徹したS・S・ヴァン・ダインのファイロ・ヴァンス・シリーズがベストセラーになっていた。新人作家のクイーンが、その作風を手本にしたことは言うまでもない。しかし単なる追随者であることに飽き足らなかったクイーンは、物的証拠に基づくフェアで論理的な推理に重点を置き、解決編の前に「犯人は誰か？」と問いかける「読者への挑戦」を差しはさむことによって、ヴァン・ダイン以上に探偵小説のゲーム性を洗練させていく。

タイトルに国名を冠したシリーズの第二作『フランス白粉《おしろい》の謎』（一九三〇）、第三作『オランダ靴の謎』（一九三一）が好評を博し、二人は専業作家になる。一九三二年には〈国名シリーズ〉の『ギリシア棺の謎』『エジプト十字架の謎』に加え、バーナビー・ロスという新たな筆名で、引退したシェイクスピア俳優ドルリー・レーンが探偵役を務める『Xの悲劇』『Yの悲劇』を発表（クイーン名義同様、ロスも覆面作家として世に出た）、名実ともにアメリカ探偵小説の黄金時代の頂点をきわめた。

一九三三年には〈国名シリーズ〉の『アメリカ銃の謎』『シャム双子の謎』、レーン四部作の後半二作『Zの悲劇』『レーン最後の事件』を刊行。いずれの名義でも作者の正体を隠し通していたため、当時クイーンとロスは別々の作家だと思われており、作品の優劣をめぐって論争が起こったこともある。

実はこの論争を仕掛けたのは、当の作家本人たちだった。後に覆面作家時代の舞台裏

を明かした「読者への公開状」によると、ダネイとリーはそれぞれマスクをつけて、ク
イーン対ロスの公開討論会に出席、物見高い聴衆を前に火花の散るような応酬を交わし、
探偵小説界でしのぎを削るライバルを演じたという。覆面作家どうしの対決は読者の間
に口コミで広がり、それが評判になって本の売り上げはますます伸びた。
ところが、一九三四年に発表された新作長編は、クイーン名義の『チャイナ橙《だいだい》の謎』一冊だけで、ロスは活動を停止した。〈国名シリーズ〉第八作に当たる『チャイナ橙の謎』の「読者への挑戦」には、作者の韜晦《とうかい》めいた以下の文章が記されている。

私はいままで、いろんな小説を書いているあいだに、途中どこかで、ひとつのよい思いつきを失念していた。クイーンという名の紳士がいて、推理小説を書いていることを発見され——ずい分何年も前のことだが——そして、その後、そのりっぱな作品を読み続けてきた親切な人々は、私が初期の著作のなかで、それぞれ本の肝心かなめの個所で、読者への挑戦を挿入していたのを覚えていられるであろう。ところが、なにごとかが起こったのである。正確には、それがなんであるかを、私は知らない。ただ、覚えているのは、一編の小説が完成し、組版が終わり、ゲラ刷りが校正されたあと、出版社のある人が——まったく明敏な人物である——恒例の《挑戦》が脱落していることを、私に注意してくれたことである。私は、いささか赤面し

て、大急ぎで欠陥をおぎない、それは、最後の瞬間になって、脱落本に挿入された。

それから、私は良心にとがめられて、少しばかり探索に従事した。するとその以前の本でも《挑戦》を忘れていたのを発見した。longa dies non sedavit vulnera mentis（日にちがたったからといって、あやまちはあやまちである）とは、もっともなことばである。

クイーンが「読者への挑戦」を入れ忘れていた「以前の本」というのは、〈国名シリーズ〉の前作に当たる『シャム双子の謎』のことである。

『シャム双子の謎』はシリーズ中、屈指の異色作だ。クイーン父子はカナダでの休暇から帰る途中、ネイティヴ・アメリカンの旧集落があったアロー・マウンテンの山腹で森林火事に遭遇する。火の手を逃れるためには、車で山頂を目指すほかない。日が暮れてかなり経《た》ってから、二人は人里離れた山の頂に一軒の家を見つける。家の主《あるじ》は、著名な外科医のジョン・S・ゼーヴィア博士。クイーン父子は滞在を許されてほっとするが、医師とその奇妙な家族、さらに怪しい人物が出没し、屋敷内では不審な出来事が相次ぐ。翌朝、ゼーヴィア博士が書斎で射殺されているのが見つかり、死体の手には半分に引き裂かれたトランプ――スペードの6が握られていた。

山頂は火に囲まれ、屋敷は完全に孤立する。クイーン父子は異例ずくめの捜査に着手するが、不利な条件が重なって思うように捜査は進まない。屋敷に火の手が迫り、徐々に逃げ場のない状況に追いつめられていく中、またしても殺人が起こる。第二の被害者の手には、ダイヤのJの半片が握られていた……。

絶体絶命の閉鎖状況から生じるサスペンスに加えて、怪奇小説風の異様な登場人物と、二種類のダイイング・メッセージを活用した特異な構図が印象的な作品である。とりわけ犯人の意外性が強烈で、百二十年あまり前に書かれた小説だというのに、プラティバは解決シーンで思わず声をあげたことを覚えている。

それだけに彼女は、この小説に「読者への挑戦」がないことが不満だった。たしかに、〈国名シリーズ〉のほかの長編に比べると、エラリーの推理は厳密さに欠ける。犯人指摘の決め手も、ハッタリじみた心理テストに頼っており、演繹《えんえき》的な推理によってたったひとりの犯人を絞り込んだとは言いがたい。それでも……。「ところが、なにごとかが起こったのである。正確には、それがなんであるかを、私は知らない」――次作に書き込まれた作者自身による不可解なコメント（トレードマークである「読者への挑戦」を、二人の作者がうっかり失念していたなどという言い訳はまったく信用できない）が、よりいっそうプラティバの疑念を募らせた。

いったい『シャム双子の謎』に、何が起こったというのか？

プラティバの関心が探偵小説から数理文学解析に移ってからも、その問いは灰の中に埋もれた熾《お》き火のように、彼女の心の奥底で長い間ずっとくすぶり続けた。

　それから何年か後、スタンフォード大学人文工学部の大学院生になったプラティバは、セミナー課題のリサーチ中に、ユアン・チンルウという中国人研究者が書いた論文に出会う。上海大学の機関リポジトリ（電子アーカイヴ）に登録された数理文学解析のマイナーな博士論文で、発表されてから十年以上経っていたけれど、その奇抜なアイデアはプラティバの知的好奇心を強く刺激した。

　ユアン・チンルウは、イギリス人探偵小説作家ロナルド・ノックスが一九二九年に発表した探偵小説のルール集「ノックスの十戒」を、ノックス場と名づけた十次元のマトリクスに展開し、そこで物語生成方程式を走らせていた。手法自体は二〇四〇年代から使われていたものだが、ユアンの独創は、それまでタブー視されていた十戒の第五項「探偵小説には、中国人を登場させてはならない」を逆手に取って、ノックス場を複素数次元に拡張し、No Chinaman という虚構の人格《イマジナリー・パーソン》を導入したことである。

　ユアンはこの中国人ルールが隠れたメタ規則として、十戒のほかの九つの項目を暗に統御しているという。あたかも No Chinaman という観測者が、波動関数を収縮させるようにふるまって、探偵小説のゲーム空間を安定させるというのが彼の結論だった。

　プラティバはこの論文に感銘を受け、アジア数理文学解析学会をはじめとするさまざまな研究団体のデータベースで、手当たりしだいにユアン・チンルウの名前を検索した。ところが、ユアンが発表した論文はそれだけしかなく、二〇五八年以降の消息もつかめない。彼が在籍していた上海大学パラ人文学部の事務局に問い合わせたところ、ポスドク期間中に休学し、その後は音信不通だという。まるでユアン自身がNo Chinamanと化し、虚空に姿を消してしまったような気がして、プラティバは落胆した。

ユアン・チンルウの足取りに関する情報を教えてくれたのは、上海大学からスタンフォードへやってきたヴェトナム人留学生のタム・クアン・ドックだった。五歳年上のタムは優秀な物語生成プログラマーであると同時に、古風なヒューマニスティック文学の愛好家で、プラティバはまたたく間に彼に魅了された。

プラティバは恋愛経験に乏しく、自分の性的魅力にも自信を持っていなかったが、ナレンドラ・ヒューマヤンの娘であることが有利に働いたにちがいない。タムと友人以上の関係になるのに、それほど時間はかからなかった。

ある夜のこと、珍しく回顧モードになったタムは、上海大学時代の指導教授や周囲の学生にまつわる思い出話をとりとめなく喋《しゃべ》っていた。話の合間にユアン・チンルウという名前に心当たりがないかたずねると、タムはしばらく考えてから、

「——その名前なら聞いたことがあるな。うん、向こうの学生の間では、都市伝説みたいに語り継がれていたはずだ」

「都市伝説というと？」

「〈過去へ行った男〉と呼ばれていたな。十年ぐらい前の話だ。ひょんなことから、政府当局が彼の博士論文に目をつけたらしい。ある日突然、北京に呼び出され、それっき

り行方知れずになってしまった。一説によると、国家科学技術局のトップからスカウトされて、過去へのタイムトラベル実験に志願したというんだが」

「過去へのタイムトラベル実験？」

「ティプラー・シリンダーと呼ばれる装置によって、実験施設内に超小型ブラックホールを発生させ、裸の特異点を通過して過去の世界に飛ぶってやつだよ」

「よしてよ、タム」とプラティバは言った。「それは理論的に破綻《はたん》して、五〇年代後半には顧みられなくなった方法でしょ。過去にたどり着いた時点で世界が二つに分岐し、タイムトラベラーは二度とこの世界に戻ってこられないんだから。だいいちパラ人文学部の院生だったユアンが、タイムトラベルに志願する理由なんてない」

「きみの言う通りだよ、プラティバ。だから都市伝説だと言っただろう。ぼくの聞いた話だと、ユアンの論文は指導教授の逆鱗《げきりん》に触れてしまったそうでね。『ノックスの十戒』の第五項は、中国人にとって国辱的な文章だとされている。たぶん学界から干されて、大学を去ることを余儀なくされたんじゃないかな」

「おやまあ！　なんてもったいないことを」

プラティバがため息をつくと、その唇をタムの指がそっとなでた。

「――昔話はここまで。今からきみの裸の特異点を研究してみよう」

ところが、ことを終えてタムが寝入ってしまってからも、ユアン・チンルウに関する

「都市伝説」はプラティバの脳裏を離れなかった。

ユアンの論文に引用されていた日付——一九二九年二月二十八日。オックスフォード、オールド・パレスの書斎で、ロナルド・ノックスが十戒のオリジナル序文を書いたとされる日のことが、気になって仕方がない。〈過去へ行った男〉。熱心な文学研究者、とりわけユアン・チンルウのような「オートポエティクス」以前のヒューマニスティック探偵小説の研究者なら、どんな犠牲を払っても、自分の研究対象である作家本人に会って、作品の意図を問いただしたいと願うだろう。

かつての自分もそうだった。過去へのタイムトラベル実験が中止に追い込まれた理由を理解するまでは、『シャム双子の謎』の作者に会って、どうして「読者への挑戦」を入れなかったのか、じかに質問できる日が来るのではないかと夢想していた……。

その時だった。プラティバの頭の中に、奇妙な考えが浮かんだ。

もしユアン・チンルウの「都市伝説」が本当だったら？

ロナルド・ノックスに会うため、彼みずからNo Chinamanとなってブラックホールを抜け、一九二九年二月二十八日のオックスフォードへ飛んだのだとしたら？

彼の行動が時空に特殊な効果を及ぼし、ノックス場における中国人ルールの奇妙なふるまいの原因になったという仮説は成り立たないだろうか？

時空をねじ曲げるブラックホール。

No Chinamanという虚構の人格《イマジナリー・パーソン》。

そして、脱落した「読者への挑戦」——

「そんな馬鹿なこと、あるわけないわね」

暗闇の中でプラティバは、何度も自分にそう言い聞かせた。だが、心の奥底で眠っていた熾き火は完全に息を吹き返し、ちらちらと赤い炎を揺らし始めていた。

その数分後、彼女はベッドから這《は》い出ると、父親の形見の品である古いEパピルスをアクティヴにし、少しばかり探索に従事した。

4

その夜、ベッドの中でプラティバが思いついたのは、エラリー・クイーンの「読者への挑戦」を物語生成空間に生じた特異点、すなわちブラックホールの一種として解析できるのではないか、という突飛なアイデアだった。

だが、それほど突飛な思いつきだろうか？　そもそも「読者への挑戦」というのは、とても風変わりな性質を持つページ（二〇三〇年代に紙の本が市場から姿を消し、ほぼすべてのテキストが電子デバイスに移行した後も、この単語はしぶとく生き残っていた）である。単なる幕間《まくあい》ではなく、物語のある地点に生じた「穴」だといってもいい。作中の登場人物たちはその「穴」を見ることはできないけれど、彼らの言動はことごとくこの「穴」に吸い込まれ、貪欲《どんよく》な読者の脳内でもみくちゃにされてしまう。厳密でフェアな論理とは、あらゆるものに等しく作用する法＝重力の別名なのだ。

そこでは時間の流れも狂っている。クイーンが読者に、本のページを繰る手を止め、論理的推理を働かせたまえと宣言すると、物語の進行はそこで凍結されてしまう。

単に時が止まるだけではない。時間の流れは作中の現在と未来を往還する。「挑戦状」は必ず「解決編」の前に置かれるしきたりだが、そこに記されている文言は、事件が解決された後の時点からさかのぼって書かれているのだから。

これは当然のことだろう。ただひとりの真犯人を指名するために必要なすべてのデータがそろっていることを確認するには、事件が終結した後、物語の全体を俯瞰《ふかん》する視点に立たなければならない。事件の渦中にいる限り、それまでに入手した手がかりを土台からひっくり返す新たな証拠がこれから出てこないと、誰にも断言することはできないからである。しかし探偵小説のゲーム空間をひとつの閉じた系と捉《とら》えるなら、「読者への挑戦」という儀式は否応《いやおう》なく、そこに裂け目を作ってしまう。

さらに〈国名シリーズ〉では、ほとんどの場合、作中の探偵役であるエラリーではなく、本の作者であるクイーンが読者に対して直接「挑戦」を行う。作中探偵のエラリーは常に三人称で描写されるのに、「問題編」と「解決編」にはさまれた「挑戦状」だけ、作者であるクイーンの一人称で書かれているということだ。作者と探偵の名前が同じというギミックでごまかされているけれど、ここには無視できない分裂がある。

そうした主客の分裂は、ノックス場における中国人ルールの奇妙なふるまいによく似ているとプラティバは思った。自分で自分の尾を呑み込み、限りなく無に近いサイズまで収縮してしまうウロボロスの蛇。No Chinamanと「読者への挑戦」を同一視することはできないとしても、両者の間には切っても切れない関係があるにちがいない。

その関係を突き止めるために、プラティバは大胆な仮説を立てた――クイーンの「読者への挑戦」は、通常の物理法則が通用しないブラックホールの特異点に相当するのではないか？　もっと正確に言うと、「読者への挑戦」の文言は特異点そのものではなく、物語生成空間に生じた「穴」の内と外を分ける境界に相当する。ちょうどブラックホールの特異点を取りまく、事象の地平面のようなものだ。

ブラックホールを宇宙空間に浮かぶ真っ黒なシャボン玉にたとえると、事象の地平面はその球状の膜に当たる。この膜は見ることも触れることもできない、アリ地獄みたいな奈落《ならく》の「縁」でもある。事象の地平面を越えると、あまりにも重力が大きすぎるため、光ですらその引力圏から脱出することができない。巨大な重力のすり鉢の中で極限的に時空がゆがみ、いっさいが闇に葬られてしまう。だから遠く離れた地点からブラックホールに吸い込まれる物体を観察しても、事象の地平面に近づくほど時間の流れが限りなく遅くなっていくように見えるだけで、その先は永遠に行き止まりだ。

一方、観察者自身がブラックホールに接近し、事象の地平面を通過した場合、彼は一線を越えたことに気づかない。重力の偏りによって、彼の体は上下に長く引き伸ばされてしまうけれど、中心部の特異点に引きずり込まれてしまうまで、主観的時間の流れは一定に保たれる。「読者への挑戦」の段階で、物語の全体を俯瞰する作者と事件の渦中にいる探偵の立場が分かれるように、視点のちがいが時間の流れ方を左右するのだ。

こうした解釈はプラティバを興奮させたが、それだけではただの似たもの探し《ソーカライズ》にすぎない。もっと重要なのは、「読者への挑戦」を探偵小説のゲーム空間（ノックス場）に生じたブラックホールと仮定した場合、『シャム双子の謎』に「読者への挑戦」が存在しない理由を、数理的に解析できる可能性が出てくることである。

『シャム双子の謎』には、どうして「読者への挑戦」がないのか。

それは初めからなかったのではなく、「蒸発」したのではないか。

一般相対性理論と量子力学を橋渡ししたスティーヴン・ホーキングは、ホーキング放射と呼ばれる現象によってブラックホールの質量が減少し、最終的に蒸発するという理論を発表して、宇宙物理学界に衝撃をもたらした。一九七四年のことである。

量子力学では、真空中で粒子が対生成と対消滅を繰り返していると考える。真空のゆらぎから一瞬だけエネルギーを借りて粒子のペアを作るのが対生成、そのペアが消えることで借りたエネルギーを返すのが対消滅である。ただし何もないところから対生成した粒子は、正の質量＝正のエネルギーを持つので、そのままだとエネルギー保存の法則に反する。対生成した粒子は、不確定性原理が許す制限時間内に、対消滅しなければならない。

これを前提として、ホーキング博士は次のような思考実験を行った。

ブラックホールの近傍（事象の地平面のそば）で粒子の対生成が起き、ペアの一方だけがブラックホールに落ちたらどうなるか？　事象の地平面の内側に落ちた粒子は、負のエネルギーを持つと考えられるので、そのままでもエネルギー保存の法則に反しない。したがって、外側に残った正のエネルギーを持つ粒子と対消滅を起こす必要がない。

一方、事象の地平面の外側に残った粒子は、光速未満でも脱出速度に足りる。十分なエネルギーさえあれば重力に逆らって、正のエネルギーを持ったままブラックホールから逃れることができるだろう。対生成した粒子のペアの一方だけがブラックホールから脱出すれば、真空のゆらぎは解消されないことになる。

こうした出来事は一定の確率で繰り返されるので、負のエネルギーを持った粒子がどんどん事象の地平面の内側に落ちていくと、時間が経つにつれ、ブラックホールはエネルギーを失って痩《や》せていく。事象の地平面の外側からこの様子を観測すると、あたかもブラックホールが質量を減少させながら、熱を放出して光っているように見える。これをホーキング放射という。

ホーキング放射が続くと、ブラックホールはいずれ質量を失って蒸発してしまう。放射の総量はブラックホール質量の二乗分の一に相当するので、ブラックホールは小さければ小さいほどホーキング放射が強くなり、蒸発までの時間も短いと考えられる。きわめて質量の小さい超小型ブラックホールが存在するとすれば、そこから発せられる放射はいっそう強く、それが蒸発する瞬間には、爆発的に明るく輝くと予想されている。

ホーキング博士の理論を踏まえて、プラティバは一連の推論を組み立てた。まず『シャム双子の謎』の原テキストに、超小型ブラックホールに相当する「読者への挑戦」が存在したと仮定する。〈国名シリーズ〉のほかの長編に比べて、エラリーの駆使するロジックのスケールが「小さい」ことは言うまでもない。その分、「読者への挑戦」からの放射は強くなり、蒸発するまでの時間も短いと推測される。

もうひとつ、プラティバが注目したのは『シャム双子の謎』の作中に、粒子の対生成に相当する記述が含まれていることだ。タイトルに示されている通り、この長編にはシャム双子の兄弟、フランシスとジュリアンが登場する。物語のある時点で、エラリーは双子のいずれか一方が、二人の被害者を手にかけた殺人犯である可能性を検討する。

「そうですね」エラリーはつぶやくようにいった。「かりにフランシスを、われわれが求めている犯人だとしましょう。フランシスが尋問をうけて自供し、ジュリアンはフランシスに強制されて、あの少年がけしからぬ仕事をやってのけるのを、そばでながめているほかはなかったのだ、だからして、ジュリアンには罪はないといったとします。ジュリアンは、意志においても、行動においても、完全に無罪であることが証明されたとします。そこで、フランシスは公判に付せられ、有罪ときまり、死刑を宣告される」

すると、どんなことが起こるか？　エラリーは非情な思考実験を続ける。フランシスが法廷で死刑を宣告されるまでの期間、無罪のジュリアンも収監を強いられ、精神的・肉体的な苦痛を受けざるをえない。そして最終的には、死が待っている。

作中年代の医療技術の水準では、重要な臓器を共有するシャム双子は、外科的な分離が不可能だとされているからだ。無実の少年を殺人犯と同時に死なせることになるので、外科手術はできない。その状態でフランシスの死刑を執行すれば、ジュリアンも巻き添えになる。かといって執行を中止すれば、法を無視することになる……。

こうしたジレンマの記述が、ゲーム空間に及ぼす影響は明らかだ。シャム双子の兄弟は、真空のゆらぎから対生成した粒子のペアに相当する。フランシスに対する死刑の宣告とは、ペア粒子の一方が法という名の重力によって、事象の地平面の内側に落ちていくことに等しい。だが、ジュリアンは法の処罰から自由でなければならない。ブラックホールの近傍で対消滅は起こりえず、正義のゆらぎは解消されないままだ。

それだけではない。もともとクイーンの小説は、作品の成り立ちそのものが、量子力学的な不確定性（粒子と波動の二重性）をはらんでいる。フレデリック・ダネイとマンフレッド・B・リーという、二人の合作者によって執筆されているのだから。

しかも『シャム双子の謎』が発表された一九三三年には、ドルリー・レーン四部作の後半二編『Zの悲劇』『レーン最後の事件』も相次いで出版されている。覆面討論会のエピソードを想起すれば、彼らのユニークな二重性とホーキング博士の思考実験の相似性が見えてくるだろう。作家であるクイーンとロス、探偵であるエラリーとレーン。対生成と対消滅を繰り返していた二つの個性が、事象の地平面の外と内に分かれ、ロス／レーンが永遠に姿を消してしまったのが、まさにこの年の出来事なのである。

プラティバは『シャム双子の謎』の原テキストに起こりえたブラックホールもどきの放熱現象を、疑似ホーキング放射と名づけた。これによって負のエネルギーをため込んだ「読者への挑戦」は、その質量を失ってどんどん痩せていき、やがて……。

長年の疑問が解決する予感を覚え、プラティバは知的快感に酔いしれた。ノックス場ではシャム双子のジレンマを契機に、爆発的な熱を放出して「読者への挑戦」が蒸発するだろう。それが物語に燃え移って、山火事を発生させる。山頂の屋敷を包囲する炎は、蒸発した「読者への挑戦」の名残なのだ。

プラティバは直感に従って、十次元のノックス場に数式化した『シャム双子の謎』のプロットを埋め込んだ。クンマー－ヒューマヤン方程式を変形し、アインシュタインの重力場の方程式と同じ十個の連立偏微分方程式によって表現したものである。このプロットの特定の地点に、「読者への挑戦」に相当するブラックホール解を適用する。彼女が選んだのはもっともシンプルで、球状の事象の地平面を持つシュヴァルツシルト解だった。

これは第一次世界大戦中、東部戦線に従軍していたドイツの天文学者カール・シュヴァルツシルトが発見したアインシュタイン方程式の解だ（ブラックホールの中心にある特異点から事象の地平面までの距離をシュヴァルツシルト半径と呼ぶのも、彼の名前に由来する）。プラティバは期待と不安を胸に、パラメータを調整しながらシミュレーションを繰り返し、変形された物語生成方程式がどんなふるまいを示すか、つぶさに観察した。

ところが、彼女の予想に反して、「読者への挑戦」はいっこうに蒸発する気配を見せない。ブラックホールの角運動量と電荷の条件が異なるカー解、およびカー・ニューマン解を適用しても、はかばかしい結果は得られなかった。

壁にぶち当たったプラティバは、恋人のタムに助言を求めた。経験豊富なプログラマーであるタムは、シミュレーションのデータをチェックし、問題点を突き止めた。

「No Chinamanだ」とタムは指摘した。「ノックスの定めた中国人ルールが疑似ホーキング放射を阻害している」

「どういうこと？　説明して」

「ユアン・チンルウは、論文にこう書いていただろう。〈あたかもNo Chinamanという観測者が、量子力学で用いられる波動関数を「収縮」させたかのように〉と」

「ええ。厳密には、やや不正確な比喩《ひゆ》だと思うけど」

「でも、ユアンの直感は正しいと思う」タムは思慮深い口調で言った。「ぼくの見たところ、No Chinaman のふるまいは、量子力学的な重ね合わせの状態を嫌い、ユニタリ性を排除する方向に働いているようだ。ブラックホールが蒸発するためには、真空のゆらぎによって、粒子の対生成が起こらなければならない。だが、No Chinaman は真空のゆらぎを認めないから、粒子の対生成と対消滅という現象も存在しないことになる。ゆえに『読者への挑戦』が蒸発する条件が成立しないんだ」

「それならいっそのこと、第五項をはずして九次元のノックス場を構成すれば――」

プラティバがとっさの思いつきを口に出すと、タムは首を横に振って、

「いや、それは問題外だ。No Chinaman の存在抜きで、ノックス場は安定しない。ゲーム空間自体が成り立たないだろう」

「だったらどうすればいいの?」

「十次元のノックス場はそのままで、No Chinaman の行動に制限を加えるしかない。フェアプレイの条件を一部緩和して、推論の幅を広げてみたらどうだろうか」

タムはいくつかのパラメータに微妙な修正を施し、ノックス場における No Chinaman の特権を部分的に剝奪《はくだつ》した。その結果得られた新しい公理系は、かなりいびつで、汎用性に欠けるものだったが、ゲーム空間としての最低の基準は保たれていた。

タムの手で修正されたノックス場で、プラティバはもう一度「挑戦状」付き『シャム

双子の謎』のプロットを走らせた。その結果は……。

5

「――それで？」

ロドリゲスが話の続きを促した。プラティバは緊張で乾いた唇をなめて、

「シミュレーションを繰り返した結果、いくつかのバージョンで『読者への挑戦』が姿を消し、一九三三年にクイーンが発表したものと同じ形に収束しました」

「なるほど。挑戦状は蒸発したというわけか」理解のしるしにうなずいてから、ロドリゲスはおもむろにこちらへあごをしゃくった。「だが、ひとつ腑《ふ》に落ちないことがある。山火事というのは、クイーンの小説の初期条件だったのではないかね。だとすれば、燃えさかる炎の原因と『読者への挑戦』の蒸発は関係ないはずだが？」

CIOの肩書きはダテではない。論文を査読した教官から同じ質問をされたことを思い出しながら、プラティバはかぶりを振って、

「『読者への挑戦』は爆発的な熱を放出して蒸発する前から、疑似ホーキング放射を発しています。ですから、物語の冒頭で山火事が発生しても矛盾は生じません。ただ、細かい話になりますが、タムは小説の初期条件にも少し手を加えました」

「というと？」

「物語生成方程式にはサスペンスを表現する項があり、タムが調整したパラメータの中には、山火事の延焼スピードも含まれていました。挑戦状のある初期バージョンと挑戦状のない最終バージョンでは、炎の広がる速度に大きな差が生じたんです。後者では、物語のある段階で気象条件が変わり、山火事の規模が爆発的に拡大しました」

「爆発的に、か」ロドリゲスがあごをなでる。「実に興味深い内容だ。にもかかわらず、きみたちの共同論文は発表当時、学界から完全に黙殺されたようだね」

「数理文学解析は時代遅れの学問と見なされていましたから」微《かす》かな胸の痛みを感じながら、プラティバは努めてさりげなく応じた。「この研究分野が見直されたのは、ごく最近のことです。CIO、それはあなたの業績の副産物ではありませんか。量子コンピュータのネットワークが整備されて、電子テキストの量子化が進み、『オートポエティクス』から産み出される物語の複雑さと精巧さが、人類の文化史上空前のブレイクスルーをなしとげつつあるからでしょう」

「お世辞はそれぐらいでいいよ、ミズ・ヒューマヤン。ところでだ」ロドリゲスはにこりともせずに言うと、ふいに口調をあらためて、「立ち入った質問になるけれど、きみと共同で論文を執筆したヴェトナム人の恋人とは、今もまだ付き合っているのかね？」

プラティバはため息をつき、肩をすくめるしぐさをして、

「タムとは論文を発表した翌年に別れました。もう長いこと、会っていません」

「別れた理由をたずねてもいいだろうか」

「かまいません」プラティバは少しだけ間を置いた。「文化的な価値観の相違、と言ったら大げさでしょうか。共同論文が黙殺されたせいで、タムは数理文学解析という学問に愛想を尽かしました。もともとそういう傾向がありましたが、『オートポエティクス』に背を向けて、古風なヒューマニスティック文学の復興運動に加わったんです」

ロドリゲスの目つきが厳しくなった。

「ニュー・ルネサンスとか、復古的なコピーライト保護運動のことだね」

「そうです。タムは名前のある個人の作品を崇拝するようになり、コンピュータによる物語の自動生成を拒絶しました。プログラマーとして優秀だっただけに、文字文化の行き着く先が見えすぎてしまったんでしょう。ひょっとしたら、わたしとの交際の反動だったかもしれませんが……。最後に会った時も、無限に複製可能な電子テキストのあり方を激しく批判し、手書きの原稿と紙とインクによる書物の復権を主張していました」

「そうか」

ロドリゲスは腕を組み、むっつりと黙り込んだ。胸につかえを感じて、プラティバも無言で目を伏せた。かつての恋人を完全に見限って、もう二度と会わないと決心したのは、タムがノーベル文学賞を選定するスウェーデン・アカデミーを嘲笑《ちょうしょう》し、彼女の父親まで口汚く罵《ののし》ったからである。そのことにはあえて触れなかったけれど、CIOには内心を見透かされているような気がしてならない。

合成されたチャイム音が、沈黙を破った。

プラティバの視点からは像を結ばない位置にバーチャル・ウィンドウが開き、見えない誰かの指向性ボイスがCIOに何かを報告した。ロドリゲスは安堵《あんど》の表情でうなずくと、ウィンドウを閉じ、あらためてプラティバに向き直る。

「何か緊急の用件ですか？」

「いや、きみのポリグラフィー報告だ」CIOは申し訳なさそうに言った。「ミズ・ヒューマヤン、ひとつ謝らなければならないことがある。実はここで話している間、ステルス・センサーを通じて、きみの脳波や心拍数の変化を調べさせてもらった。きみの発言に虚偽や隠蔽《いんぺい》が含まれていないか、リアルタイムでチェックしていたんだ」

「おやまあ！」そう口にするのが、プラティバにできる精一杯の抗議だった。

「事前の通告なしにきみの権利を侵害したことについては、この場で謝罪する。だが安心してくれ、ミズ・ヒューマヤン。きみはテストに合格した。タム・クアン・ドックとの関係について、偽りのない事実を述べていることが確認されたのでね」

「おっしゃることが理解できません。なぜそんなことを？」

「率直に話そう」ロドリゲスは表情を引き締めた。「今日ここに来てもらった本当の理由は、FBIからきみに関する個人情報の開示請求があったからだ」

プラティバは自分の耳を疑った。

「FBIがわたしの個人情報を？」

「そう。今回の電子テキスト炎上トラブルは、技術的なアクシデントではなく、人為的なテロ行為の可能性が高い。だからＦＢＩのサイバーテロ対策課に通報し、支援を要請するほかなかった。公式発表を控えているのは、今もＦＢＩが捜査中だからだ。彼らは独自の情報源からきみの存在に目をつけ、ゴルプレックス内部に潜伏したテロ協力者ではないかという疑いを持つに至った。より具体的に言うと、タム・クアン・ドック——またの名を〈マウントオリーヴ〉というヴェトナム人テロリストとの交際が問題視されたのだ」

「——〈マウントオリーヴ〉！」

プラティバは目をみはり、立場も忘れてＣＩＯに詰め寄った。

「まさか。タムが〈アレクサンドリア四重奏団《カルテット》〉の幹部だと？」

「どうやらまちがいないようだ」ロドリゲスは苦い声で言った。

〈アレクサンドリア四重奏団〉は、反「オートポエティクス」を唱える非合法活動家のグループが組織したサイバーテロ集団である。ハイテク技術の進歩に反旗を翻したネオ・ラッダイト運動の流れを汲《く》み、ヒューマニスティック文学の復権とコピーライトの保護を訴えて、数年前からウェブ上の電子テキストにさまざまな攻撃を仕掛けていた。

〈アレクサンドリア四重奏団〉という組織名は、二十世紀のイギリス人小説家ロレンス・ダレルの著作にちなんだものだ。〈ジュスティーヌ〉〈バルタザール〉〈マウントオリーヴ〉〈クレア〉という暗号名で呼ばれる正体不明の四人組が、テロ行為を立案・指揮しているという。彼らの掲げる目標は、優雅で繊細な紙の書物の時代をよみがえらせるために、現代のアレクサンドリア図書館、すなわちゴルプレックスの量子ネットワークで構成された巨大な電子テキストのアーカイヴを焼き尽くすことだった。

——その幹部のひとりが、かつての恋人、タムだったなんて。

衝撃で血の気が引くのを意識しながら、プラティバは数時間前に感じた胸のざわめきをありありと思い出した。テロ協力者の疑いをかけられて、FBIの監視下に置かれていたのだろう。バンクーバー国際空港で誰かに尾行されているような気がしたのは、被害妄想や錯覚ではなかったのだ。

「FBIのサイバーテロ対策課は、ドック容疑者と連名で発表された過去の論文を手がかりにして、きみに狙いをつけた。たまたま休暇中にテキストの炎上が始まったことが、関与の証拠と見なされたのだ。ナレンドラ・ヒューマヤン博士のひとり娘であることも、きみにとって不利な材料になったようでね。偉大な父親を持つ娘がプレッシャーに負け、その業績を真っ向から否定する道に走るのは珍しくない——FBIはそう考えた」

「わたしは父の仕事を尊敬しています」プラティバはきっぱりと言った。「だからこそ、電子図書事業部の原典管理オペレーターをやっているんです」

「われわれもそのことは承知している」とロドリゲス。「きみの業務ログは、職業適性診断プログラムによって、定期的に精査されているのだから。きみのような人物が〈アレクサンドリア四重奏団〉のテロ行為に協力することなど、断じてありえない。言い訳に聞こえるかもしれないが、無断でポリグラフィー検査を行ったのも、FBIの見込み捜査から従業員を保護するための方便だと思ってくれないだろうか」

「わかりました。その件は水に流しましょう」

プラティバは矛を収めたが、すでに頭の中は別のことで占められていた。

「炎上しているテキストの火元は、『シャム双子の謎』だとおっしゃいましたね。今回のトラブルは、タムが仕組んだものと見てまちがいないでしょうか」

「そうとしか考えられない」ロドリゲスはため息をついた。「きみの説明を聞いて、その確信が深まった。〈マウントオリーヴ〉は汎用回線の末端に侵入し、きみのアイデアを応用してテキストに爆弾を仕掛けたにちがいない。ブラックホール化した『読者への挑戦』を埋め込めば、『シャム双子の謎』は願ってもない火薬庫になる。量子化されたテキストは対生成と対消滅を繰り返しているから、電子的に再現された超小型ブラックホールは疑似ホーキング放射によってたやすく蒸発し、爆発的な熱を放出するだろう。またたく間に物語は炎上し、量子もつれ効果によって次々と飛び火する。炎上したテキストはネットワークを通じて燃え広がり、いずれウェブ全体のデータを焼き尽くすにちがいない。エントロピーが一気に増大し、すべての情報が灰になるのは時間の問題だ」

「アレクサンドリア図書館の焼失……」

プラティバが身震いすると、ロドリゲスも悲痛な表情で、

「まさにそれだ。われわれにはそれを止める手だてがない――量子ネットワークそのものをシャットダウンしない限り。だが、そんなことは事実上、不可能だ。人類の知性が産み出したありとあらゆるテキストが文字通り灰燼《かいじん》に帰してしまうのを、指をくわえて見ているほかない。手も足も出ないんだよ、ミズ・ヒューマヤン」

ロドリゲスが口をつぐむと、長くて重苦しい沈黙がオフィスを満たした。

longa dies non sedavit vulnera mentis――

でも、本当に打つ手がないのだろうか？　そう自問した瞬間、どこからともなく、プラティバの脳裏に一筋の光が射した。脳内のスクリーンに像を結んだのは、一度も会ったことのない、切れ長の目をした東洋人《チン・ルウ》男性のうつろな顔。

「希望を捨てないでください、ＣＩＯ」プラティバは思わず叫んでいた。「ひょっとしたら、炎上を止める手だてがあるかもしれません」

「本当か。だが、いったいどうやって？」

「No Chinaman です」

「No Chinaman？　だがそれは、虚構の人格《イマジナリー・パーソン》だ」

「いいえ、彼なら火を消せるはずです――ユアン・チン・ルウなら」

# 第二部　チャイナ

安物の帽子のてっぺんから、黒のブルドッグ型靴の底まで、この男は――なにものでもなかった。「透明人間」、毎日のなんの奇もない世界を構成している何百万何千万の平凡人のひとりだった。

――エラリー・クイーン『チャイナ橙の謎』

6

「まったくごらんのとおりさ、かわいそうにあの男は跡かたもなく蒸発しちまって、残るのは床の赤い筋ばかりというわけだ。こんな話はこの世のもんじゃありませんね」

修道士は図書室にこもり、日課の写本にいそしんでいた。

中世ヨーロッパの写字生のように書見台に張りついて、ペン先をインク壺《つぼ》に浸し、黙々と紙の上にアルファベットを記していく。ただし、書見台に固定されているのは教会文書ではなく、二十世紀初頭の世俗書だった。

ギルバート・キース・チェスタトン『ブラウン神父の童心』――キリスト教の護教者として名を残す多才な英国人作家が、一九一一年に発表した探偵小説である。作者がカトリックに改宗する以前の著作だが、ブラウン神父が語る言葉には、教義への共感と理解がしっかりと根づいている。目から鱗《うろこ》の落ちる逆説とトリック、深くて鋭い人間洞察に満ちており、どんなに時代が変わってもその魅力が色褪《いろあ》せることはない。

九時課（午後三時）の祈りは免除されているので、日没まで写本に専念できる。彼がその本を筆写するのはすでに七度目だった。目をつぶっても諳《そら》んじられるほどになっていたけれど、一語一句を疎《おろそ》かにしないため、本のページから目をそらさない。

西オーストラリア州、ニュー・ノーシアのベネディクト修道院。

州都パースの北百三十キロに位置するニュー・ノーシアは、十九世紀半ば、スペイン人宣教師がカトリックの教えを広めるために築いた町だ。二百年前には百名を超える修道士たちがここで生活していたというが、現在は見る影もなく寂れ、修道院に住んでいるのは十人足らず。たまに訪れる観光客を除けば、外部との交流もほとんどない。隠棲《いんせい》にはもってこいの場所である。それこそ彼の求めているものだった。

ベネディクト会の戒律に従って「清貧・貞潔・服従」の三つの誓いを立て、この地で修道士生活に入ってから九年になる。レクティオ・ディヴィナ（聖なる読書）と呼ばれる聖句の祈りと瞑想《めいそう》を行うかわりに、チェスタトンの著作集を自らの手で書き写していくことが、彼の日課の大半を占めていた。すべての書物が電子化されて久しいこの時代でも、時間の止まった修道院の中では、化石のような営みが細々と生き延びている。

「どうも、あんまり散文的だと思われるかもしれんが、わたしどもはきまって物事を抽象的な面から始めるんですよ、この物語もそこから始めるよりしかたがないらしい」

謎解きを始める神父の台詞《せりふ》を書き写していると、人の気配がした。

修道士はペンを走らせる手を休め、顔を上げて室内を見回した。

戸口のところに若い女が立っている。アメリカ人観光客のようないでたちで、肌の色や顔だちはインド系の特徴を示していた。彼はまごつきながら英語で告げた。

「観光客の方ですか？　申し訳ないが、ここは立入禁止なのです」

「修道院長の許可を得ました」彼女も英語で答えた。「ウェルキン修道士に用があるなら図書室へ行くように、と言われたんです」

「——私に？」

何の用だろうといぶかりながら、彼は立ち上がり、女を招くしぐさをした。

「こちらへどうぞ。ブラザー・ジェイムスと呼んでください」

「ジェイムス——ジェイムス・ウェルキン」

女はフルネームで呼ばわりながら、写字机に歩み寄った。書見台の本に気づくと、彼が止める前に台から持ち上げ、表紙を確認する。その顔がぱっと輝いた。

「チェスタトンの『ブラウン神父の童心』！　どこかで聞いた名前だと思ったら——ウ

ェルキンというのは、『見えない男』の登場人物から借りた偽名ですね」

修道士は内心の動揺を隠しながら、自制の利いた笑みを浮かべて、

「よくご存じですね。こんな古い探偵小説のことを」

「それが専門なんです」女は書見台に本を戻しながら言った。「ゴルプレックス社の電子図書事業部で、人文部門の原典管理オペレーターをしていますから」

「ゴルプレックスの？　お見それしました。道理でお詳しいわけだ」

「まだ続きがあります。学生時代、わたしはスタンフォードの人文工学部で、二十世紀のアングロサクソン探偵小説を研究していたんです。友人と共同で、エラリー・クイーンの〈国名シリーズ〉に関する論文を書き、数理文学解析の修士号を取得しました」

「エラリー・クイーンの〈国名シリーズ〉」

修道士は思わず相手の言葉を繰り返した。

他人の口からその名前が発せられるのを聞いたのは、何年ぶりのことだろう。懐かしさのあまり、声が震えていたかもしれない。だが今の彼にとって、過去に結びつく記憶は危険と背中合わせになっている。警戒心が修道士の態度を硬化させた。

「失礼ですが、あなたはいったい何の用で――」

「申し遅れました。プラティバ・ヒューマヤンといいます」

「ヒューマヤン？」

修道士は目を見開いた。考えるより先に口から声が出る。

「まさか、あなたは――」

「お気づきのようですね」彼女はぎこちない笑みを浮かべた。「わたしの父の名はナレンドラ。物語生成方程式の産みの親で、ハインリヒ・クンマー博士とともにノーベル文学賞を受賞したナレンドラ・ヒューマヤンです」

「なんということだ！」彼の警戒心はいっぺんに吹き飛んだ。「こんな辺境の地で、ヒューマヤン博士のお嬢さんにお会いできるなんて。これが神の思《おぼ》し召しなら――ミズ・ヒューマヤン、あなたはもしや私の素性をご存じなのでは？」

「もちろんです、ブラザー・ジェイムス。それとも、ユアン・チンルゥ博士とお呼びした方がいいですか」

けっして広くない図書室に、彼女の声がこだました。

そのこだまは修道士の頭の中で何倍にも増幅され、魔法の呪文《じゅもん》が封印を解くように、固く閉ざしてきた過去への扉を開け放った。

「ユアンでけっこう」彼はようやく口を開いた。「驚きました。私がここにいることを、どうやって突き止めたのですか？　ゴルプレックスの検索システムを総動員しても、私の居所はつかめないと思っていましたが」

「ゴルプレックスの上層部が、アメリカ国務省とサイバー空間の安全保障に関する極秘協定を結んでいることをご存じですか？　その定めに従って、ＣＩＡの機密情報にアクセスする許可が下りました。二〇六〇年代に作成されたファイルの中に、No Chinamanというコードネームを持つ人物に関する追跡報告が眠っているのが見つかったんです」

「なるほど。情報の出所は？」

「当時ロシアの情報機関に潜伏していたアメリカの二重スパイだそうです。No Chinamanと呼ばれる人物が、何か得体の知れない国家的プロジェクトに関与しているらしいと匂わせていました。ただ、その国家的プロジェクトなるものが実在するかどうか疑わしかったため、CIAの担当分析官はこの情報に価値を認めず、追跡報告そのものを防虫剤《モスボール》入りケースに放り込んでしまったんですが」

「賢明な判断だったと言うべきでしょうな」

十五年前の記憶をよみがえらせながら、ユアンは自嘲《じちょう》的に言った。

7

「――ミスター・チンルゥ。父と子と聖霊の御名《みな》において、汝《なんじ》に祝福を与える。汝の前に開いた道が、真実の故郷にたどり着かんことを」

ユアンは目をみはり、ロナルド・ノックスの抱擁と接吻《せっぷん》を受けた。体中を不思議な力が満たすのを感じ、迷いが消えるのがわかった。

「あなたの導きに感謝します、ノックス神父《ファーザー・ノックス》」

ユアンはヘルメットをかぶり、暖炉の前の機械装置を手早く回収した。その間にも、裂け目の状態は見るからに不安定になっている。

「もう消えかけている。急ぎなさい」

とノックスが叫ぶ。ユアンは別れのしぐさをして、時空の裂け目に身を躍らせた。正の電荷を与えられ、一方通行的な特性が逆転した裸の特異点。体がふわっと軽くなり、上下はもちろん、前後左右の区別もつかなくなる。時間と空間が入れ替わり、あべこべに縫《と》い綴じられた全宇宙が、自分の内側でシャボン玉のようにはじけるのを感じた。

ブラックホールを逆向きに通過する際、ユアンの物理的実体に生じる現象は、No Chinaman変換を施したノックス場のシミュレーションと同相だった。複素平面上で発散したユアンの意識は、立体射影されたリーマン球の北極（無限遠点）で収束する。

父と子と聖霊の御名において。

帰還《アーメン》。

「おめでとう、ユアン君」

ティプラー・シリンダーのゲートを出たところで真っ先に彼を迎えたのは、国家科学技術局のリウ・フーチェン長官だった。満面の笑みをたたえた長官は、防護服の上からユアンを抱きしめ、自身の手でヘルメットをはずしてくれた。

「よくぞ無事に帰ってきてくれた。きみは人民の、いや全人類の英雄だ。今日きみがなしとげた偉業は、未来永劫《えいごう》にわたって人々に語り継がれるだろう。世界初の双方向タイムトラベルに成功したのだから」

「では、ここは真実の故郷——私が属していた世界なのですね」

「もちろんだ。こちらの時計では、三十五分しか経っていない」

長官が請け合ったが、ユアンはまだ半信半疑だった。ノックスの書斎で目にしたタイプ原稿には、中国人に関する記述が見当たらなかったからだ。過去に飛んだ時点で世界が分岐していたとすれば、この現在も自分の知っている世界ではありえない。

「今すぐ確認したいことがあります」防護服を脱ぎながら、ユアンは言った。「『ノックスの十戒』のテキストを見せてもらえますか」

科技局のロナルド・ノックスがバーチャル・モニタのウィンドウを開く。ユアンは覚悟を決めると、ロナルド・ノックスがしたためた『探偵小説傑作集』一九二八年版の序文を呼び出し、十戒の第五項に目を走らせた。

（5）探偵小説には、中国人を登場させてはならない。

ユアンは何度もそのテキストを読み返し、やっと安堵の息を洩《も》らした。たしかにここは、自分が属していた二〇五八年の世界だ。ノックスは未来からの訪問客を見送った後、持ち前のユーモアを発揮して、序文の内容を書き直したにちがいない。

世界の分岐は回避され、パラドックスもなかった。彼が一九二九年のオックスフォードに飛ばなければ、中国人ルールは生まれなかったということだ。

「探偵小説には、No Chinaman が登場しなければならない」

そうつぶやきながら、自然と頬がゆるむのを感じた。

ユアンは No Chinaman として過去へ飛び、物理法則の裏をかいて世界の分岐を阻止することに成功した。それよりもっと誇らしいのは、ロナルド・ノックスとじかに言葉をかわし、探偵小説の歴史が刻まれる瞬間に立ち会えたということだ。

「疲れているだろうが、もう少し付き合ってくれないか」

リウ長官がユアンの肩に手をかけ、喜びを分かち合うように言った。

「ささやかな祝賀会を準備している。われわれの英雄に祝杯をあげさせてくれ」

だが、ユアン・チンルウのなしとげた偉業が全世界に公表されることはなかった。その直後から記憶がはっきりしないのは、「ささやかな祝賀会」で供されたシャンパンに麻酔薬のようなものが入っていたせいらしい。

意識を取り戻した時、ユアンは全人類の英雄から、科学的に貴重な研究サンプルに格下げされていた。研究者たちは彼を名前や生体チップのＩＤで呼ぶかわりに、「特異点」と呼んだ。もはやユアンはひとりの個人ではなく、可及的速やかに解明すべき「物理現象」になっていたからである。

どうして彼だけが、理論上不可能とされる双方向タイムトラベルに成功できたのか？　この難問を解くべく、量子力学と時間工学、宇宙物理学等の精鋭がさまざまな仮説を立てた。ユアンは半年以上にわたって、ありとあらゆる検査と実験の対象にされたが、思わしい成果は得られなかったらしい。

「らしい、というのは？」

プラティバが質問をはさんだ。ユアンは肩をすくめると、長いこと会っていなかった学友と旧交を温めるような、肩肘《かたひじ》張らない口調に切り替えて、

「きちんとした説明を受ける機会がなかったのでね。私の何人目かの担当看護師が、ロシアの情報機関から送り込まれた女性工作員だった。ちょうど科学者たちがサジを投げかけていた頃で、保安部の監視態勢もかなりルーズになっていたようだ。彼女はロシア本国から派遣された後方支援チームと協力して、私を保安施設から誘拐し、警戒網をかいくぐってモスクワ郊外のランダウ理論物理学研究所へ連れていった」

二〇四〇年代の初め、過去へのタイムトラベル実験に関しては、ロシアがもっとも先を行っていたが、度重なる失敗によって研究そのものが袋小路《こうじ》に入っていた。二〇四三年、ロシア科学アカデミーは有人タイムトラベル実験からの撤退を宣言する。

しかし実験の再開を望む科学者グループが、一掃されたわけではなかった。一説によれば、軍の管理下でひそかに片道旅行の有人実験が繰り返されていたらしい。撤退宣言

から十五年後、ライバル関係にあった中国が双方向タイムトラベルに成功したという情報がもたらされ、ロシア政府はなりふりかまわず強硬手段に踏みきることにしたのである。

ユアンは生まれつきの肌ではない、自分の青白い顔をつるりとなでて、

「この顔も、モスクワの整形外科医が手術したものだ。アジア系の人間には見えないだろう？　せっかく顔を変えるなら、もっと男前にしてくれたらよかったのだが」

「十五年前なら、とっくに遺伝子操作による整形技術が普及していたのでは」プラティバは首をかしげた。「何かそうできなかった理由でも？」

「うん。時代遅れの皮膚移植手術を施されたのは、当時科学アカデミーで発言力を増していた量子生物学の研究者たちが、私の遺伝子を操作することに反対したからだ。彼らはタイムトラベルによる突然変異に関心を持っていて、貴重なサンプルに手を加えられるのをいやがった。結局その方面でも、具体的な研究成果は得られなかったようだが」

「ロシアの科学者たちも、あなたを同じような目に？」

「ああ。二年近くの間、軟禁状態が続いた。各地の研究施設をたらい回しにされ、さまざまな検査と実験に付き合わされたんだ。ロシアの理論家と称する人種が考えつくことは、本当に常軌を逸しているよ。命を奪われなかったのが、不思議なぐらいだ。おかげでブラックホールと時間旅行に関する最先端の理論、トンデモ仮説の数々には誰よりも詳しくなったけれど、だからといってもう二度とあんな目に遭わされるのはごめんだ

ね」

「どうやって軟禁状態から解放されたんですか」

「お払い箱にされたのさ」ユアンは自分を突き放した。「中国の情報機関が手の込んだ攪乱工作を仕掛けたにちがいない。私が『特異点』であるとロシア側に信じさせ、ダミーの実験材料を与えることで、ライバル国のタイムトラベル研究を混乱させる――そうしたオペレーションが実行されたように見せかけて、私に関する一切合財を根も葉もないデマに仕立て上げたんだろう。昔からある手だよ。科学アカデミーの連中は、私が『特異点』であることを立証できなかったし、予算も底をつきかけていた。ロシア政府は渡りに舟とばかりにその話を真に受け、私には何の価値もないという最終判断を下したんだ。さすがに直接手にかけようとはしなかったが、厳寒のモスクワの街路に、ほとんど着の身着のままで放り出された。あの時凍死せずにすんだのは、神のご加護があったからだとしか言いようがない。たまたま、ロシア正教会の信徒が運営しているホームレス支援団体のパトロールに拾われて、九死に一生を得た」

「おやまあ！」とプラティバは言った。「すみません、叔母の口癖で……。では、その体験がきっかけで修道士の生活に？」

「かもしれない。支援センターで一年ほど過ごしている間に、世俗的なことにはいっさい関心が持てなくなった。モスクワの修道院に入ることを勧められたが、過去の世界でノックス神父に祝福を受けたことがどうしても忘れられなくてね。別れ際に彼が口にした真実の故郷にたどり着くためには、カトリックに帰依するしかないと思ったんだ。ちょうど支援センターの幹部のひとりが、キリスト教の超教派による結束を目指すエキュメニカル運動を支持している人で、ローマ・カトリックとのパイプ役になってくれた。それから、まあいろいろあって、幾度か危ない橋も渡ったが、どうにか新しい身分を手に入れて、ベネディクト会に入信を許された。修練期を経た後、『清貧・貞潔・服従』の三つの誓いを立て、ウェルキン修道士としてこの地で暮らせることになったというわけだ」

長い身の上話を語り終えた時には、図書室はすっかり暗くなっていた。

部屋の灯《あか》りをともして席に戻ると、プラティバが写字机に広げた手書きの写本をじっと見つめているのに気づいた。ユアンは修道士の顔でたずねた。

「どうかしましたか、ミズ・ヒューマヤン？」

「ひとつおたずねしたいことがあります」プラティバはだしぬけに言った。「あなたが自分の手で昔の本を書き写しているのは、電子化されたテキストと『オートポエティクス』に失望したからですか？〈アレクサンドリア四重奏団〉のように、ふたたび紙の書物の時代が戻ってくることを望んでいるのでしょうか」

「――〈アレクサンドリア四重奏団〉？」ユアンは苦笑した。「連中の噂なら、私も耳にしたことがありますよ。彼らがどんなに過激な主張をしても、時代錯誤の茶番にしか聞こえませんが。『オートポエティクス』とは機械への隷属ではなく、物語の解放を目指すものなのですから。ただ先ほども申し上げたように、私はもはや世俗的なことにはいっさい関心がありません。ペンとインクで紙の書物を書き写しているのは、純粋に個人的な精神修養――いや、人生から足を洗うためだと言った方がいいでしょう」

「人生から足を洗うなんて！」

プラティバはかぶりを振ると、強いまなざしを彼に向け、

「世俗的な関心が失《う》せても、探偵小説への愛着は捨てられないのでは？ あなたが書き写している本はチェスタトンの探偵小説で、ジェイムス・ウェルキンという新しい名前も、『見えない男』から取ったものではありませんか」

「そう、私は『見えない男』です。この世から跡かたもなく蒸発した透明人間だ」

「あなたは蒸発していません」プラティバはきっぱりと否定した。「蒸発しようとしているのは、あなたが愛した探偵小説の世界なんです。わたしはそれを伝えるために、あなたに会いにきました。ロナルド・ノックスに祝福された人が、この危機を放っておけるわけがないでしょう」

「探偵小説の世界が蒸発する？」ユアンは思わず顔をしかめた。「それはどういう意味ですか。説明してください、ヒューマヤン博士のお嬢さん」

「『シャム双子の謎』が燃えているんです。量子化された『読者への挑戦』から発する疑似ホーキング放射によって、〈国名シリーズ〉の電子テキストが炎上しました。このまま放置すれば、それ以外のタイトルにも電子の炎が次々と飛び火して、アングロサク

ソン探偵小説の輝かしい歴史がすべて灰燼に帰してしまうでしょう」

「『シャム双子の謎』が？　まさかそんな——」

絶句したユアンに、プラティバがとどめの一撃を放った。

「その火を止められるのは、あなた——No Chinaman だけです」

8

二日後、ユアンはプラティバとともに、パロアルトのゴルプレックス本社にいた。

対策本部のバーチャル・スクリーンには、ゴルプレックスの量子ネットワークを近似的に再現した仮想マップが映し出されている。マップのあちこちが赤い色に染められ、その範囲は徐々に広がっていた。

クイーンの〈国名シリーズ〉だけでなく、ジョン・ディクスン・カーやアガサ・クリスティの作品の一部にも、延焼の報告が出始めているという。パズル性の高い作品ほど、発火点が低いようだった。技術部門のスタッフが不眠不休でテキストの隔離作業を行っているが、気ままに燃え移る火の勢いには追いつかない。

無力感の漂う本部のフロアに、ＣＩＯのケヴィン・ロドリゲスが姿を見せた。技術顧問のピーター・コワルスキーも一緒だ。ユアンとプラティバに合図して、防音・防電磁波仕様のパーティションで仕切られた「作戦室」に呼び寄せる。

「打ち合わせの前に、新しいニュースがある」

四人がテーブルに着くと同時に、ロドリゲスが口火を切った。

「ミズ・ヒューマヤン、きみの元恋人に関する知らせだ。今から一時間ほど前、FBIサイバーテロ対策課の捜査チームが、シカゴ郊外にある〈マウントオリーヴ〉の隠れ家を突き止め、タム・クアン・ドック容疑者の身柄確保に向かった」

「タムは逮捕されたんですか？」

プラティバの問いに、ロドリゲスは首を横に振って、

「ドック容疑者は捜査官の目の前で、頭から航空燃料をかぶり、自分の体に火をつけた。一瞬で全身が火だるまになり、捜査官は手も足も出なかったそうだ」

「タムが焼身自殺を！」

「隠れ家も火に包まれ、重要な証拠品類はほとんど灰になってしまった。捜査官の報告によると、航空燃料をかぶる前、ドック容疑者は詩のようなフレーズを叫んでいたらしい。現場で拾った音声を文字変換したものを、急いで送ってもらった。ミズ・ヒューマヤン、彼が残した言葉に何か思い当たることは？」

ロドリゲスはプライベート端末を操作して、ディスプレイにテキストを表示した。横に坐《すわ》ったユアンにも読めるよう、プラティバが体をずらす。

おまえはあの街に、なにをあたえたのだ。モンターグ？

灰だ。

ほかの人間たちは、たがいに、なにをあたえあったか？

無だ。

プラティバはディスプレイから視線をそらし、そのまま目をつぶってうなだれた。ややあって、肺の空気を絞り出したような声で答える。

「レイ・ブラッドベリ『華氏451度』からの引用です」

「そうか。きみにお悔やみを言うべきだろうか？」

プラティバは目を開き、毅然《きぜん》とした顔をロドリゲスに向けながら、

「いいえ。もうその必要はありません」

ユアンは無言で十字を切り、プラティバの手をそっと握った。彼女に触れたのはそれが初めてだった。

「よろしい。では、対策会議を始めよう」とロドリゲスが宣言した。「ユアン博士、今回の非常事態について、あなたの忌憚《きたん》ない意見を聞かせてもらいたい。ミズ・ヒューマヤンの論文に目を通してくれただろうか？」

「ええ、もちろん」

「論文の感想は？」

「非常に興味深いものでした」ユアンは横目でプラティバにうなずいてみせた。「『シャ

ム双子の謎』の山火事の描写は、蒸発した『読者への挑戦』の名残ではないかという着眼には、目から鱗が落ちましたよ。ノックス場における量子効果と疑似ホーキング放射の熱量計算に関して、やや詰めの甘いところも見られますが、シミュレーションの結果は十分に納得の行くものです。優秀なハッカーであれば、ゴルプレックスの量子ネットワークに侵入して、このシミュレーションを実現することも不可能ではないでしょう」

「具体的にはどんな方法で？」

「『シャム双子の謎』という小説は、二種類のダイイング・メッセージをループ状につなぎ合わせ、裏表のないメビウスの帯のような構造に仕立てた作品です。この構造は著しく不安定なので、どこかにハサミを入れるとプロットが台無しになってしまう。物語を中断して、『読者への挑戦』を挿入することができないという意味です」

「なるほど。それで？」

「こうしたイレギュラーなプロットを展開するためには、それがノックス場からはじかれないよう、No Chinamanが潜在的に物語をコントロールしなければならない。この小説に『読者への挑戦』が存在しないのは、ノックスの中国人ルールが一種のメタ規則として、『挑戦』を禁止しているからだと考えられます」

「だが、ドック容疑者は『シャム双子の謎』に挑戦状を紛れ込ませた」ロドリゲスはつっけんどんに言った。「どうすればそんな器用なことができるのか」

「タム・クアン・ドックは、ミズ・ヒューマヤンとの共同論文のシミュレーションで、フェアプレイの条件を含むいくつかのパラメータを巧妙に操作し、No Chinaman の特権を一部剝奪しています。おそらく彼は、それと同じ手法を発展させて、量子化された『シャム双子の謎』のテキストに極小の『穴』を空け、挑戦状を書き込むことに成功したのでしょう。この『穴』の近傍では、No Chinaman の観測者効果が働かないので、真空のゆらぎから粒子の対生成が起こるのを阻止できない。そうやってお膳立《ぜんだ》てを整えてやれば、疑似ホーキング放射によって『読者への挑戦』が蒸発するのは、時間の問題だと思います」

「時間の問題か」ロドリゲスは重苦しいため息をついた。「現在のわれわれにとっても、それが最大の問題だ。ネットワーク全域に延焼が広がるのを食い止めるために、どんな手を打つのが最善だと思う？」

「火元を断つよりないでしょう。制限された No Chinaman の機能を回復し、『シャム双子の謎』のテキストに穿《うが》たれた『穴』をふさいでしまえば、熱源を断たれていずれ火の勢いも収まるはずです」

「いや、残念ながらその手は使えない」

ユアンに待ったをかけたのは、技術顧問のコワルスキーだった。

「『シャム双子の謎』のテキストは、現在すべてのアクセスを強制遮断している。それでも量子もつれによる延焼を止められないのだ。今から隔離措置を解除して、アクセスを復活させたらどうなると思う？　白熱したフロー情報がウェブ上を駆けめぐり、ネットワーク全体の情報エントロピーが一挙に増大して、爆発的な熱が生じるのは目に見えている。われわれの想定をはるかに超える巨大な熱量だ。そうなれば世界中の量子プロセッサが連鎖的にデコヒーレンスを起こし、ゴルプレックスの量子ネットワークそのものがダウンしてしまうだろう。文字通りの熱死を迎えるのだ……。だから『シャム双子の謎』のテキストに、われわれが直接手を加えることはできない」

ユアンは一瞬たじろいだが、すぐに気を取り直して、

「〈国名シリーズ〉のほかの作品も、すべて隔離されているのですか」

「一九三三年の『シャム双子』以前に発表された作品は、どれも隔離済みだ。『ローマ帽子』『フランス白粉』『オランダ靴』『ギリシア棺』『エジプト十字架』『アメリカ銃』には、すでにアクセスできない状態にある」

「『チャイナ橙』と『スペイン岬』は？」

コワルスキーは手際よく、彼の専用端末を操作した。バーチャル・モニタに〈国名シリーズ〉の隔離状況が映し出される。

「『スペイン岬』もアウトだな。だが『チャイナ橙』だけは、今のところ炎上を免れているようだ。かろうじてアクセスは可能だが、何か考えがあるか？」

どこかに抜け道があるはずだ。ユアンはしばらく思案してから、

「『チャイナ橙の謎』の挑戦状を呼び出してくれませんか」

コワルスキーはモニタに「読者への挑戦」を表示した。挑戦状に含まれた二つのセン

テンスが、ユアンの目に留まる。

　それから、私は良心にとがめられて、少しばかり探索に従事した。するとその以前の本でも《挑戦》を忘れていたのを発見した。

「これだ！」ユアンは思わず叫んだ。「以前の本というのは、『シャム双子の謎』のことじゃないか。言及リンクをたどって、『チャイナ橙』から『シャム双子』のテキストに、一方通行的な仮想バイパスを通すことができませんか」

「——一方通行的な？」コワルスキーも身を乗り出した。「そうか。それなら情報エントロピー増大の影響を受けることなく、No Chinamanを送り込めるかもしれない」

『チャイナ橙の謎』は、あべこべづくしの小説である。〈国名シリーズ〉の中でも、『シャム双子の謎』と双璧《そうへき》をなす異色作だろう。謎の中心を占めるのは、宝石と切手のコレクターとして知られる出版業者のオフィスに、どこからともなく現れた正体不明の中年男性——やがて彼は、待合室で撲殺死体となって発見される。ところが、被害者の着衣は後ろ前にされ、待合室の家具調度品もすべて逆向きになっていた。犯行現場で動かせるものは、何者かの手でことごとくあべこべの状態にひっくり返されていたのである。

たまたま出版業者のオフィスを訪れていたエラリーは、クイーン警視とともに奇妙なあべこべ殺人の謎に挑む。なぜ犯人は犯行現場をあべこべにしなければならなかったのか？ そして素性の知れない名なしの被害者は、いったい何者なのか？ 捜査が混迷を深める中、エラリーは中国という「あべこべの国」の文化と習慣に注目する……。

「きみはどう思う？ 共同論文の著者として」

ユアンが意見を求めると、プラティバは目に知性の輝きをひらめかせて、

「行けるかもしれません。『チャイナ橙の謎』だけが未《いま》だに炎上を免れているのは、偶然ではないでしょう。No Chinaman を送り込むには、最適の小説だと思います。それにユアン、あなたはカトリックの司祭ですから、仮想環境への没入適性も高いはず」

ユアンはとっさに首を横に振り、プラティバの誤解を訂正した。

「いや、私の身分はただの修道士で、司祭の叙階は受けていない」

「失礼しました」プラティバは謝罪した。「だとしても、あなたの脳／意識活動をデータ変換して、量子ネットワークに接続することは可能です。バプテスマ《baptism》——こちら側の意識と同期した完全没入型のBAPアバターを『チャイナ橙』のテキスト環境内に送り込めば、挑戦状から一方通行の仮想バイパスを経由して、『シャム双子』にたどり着けるかもしれません」

バプテスマ（全浸礼）とは、「没入／浸礼《イマージョン》」という単語から派生したアバター操作の通称だ。バプテスト教会は合衆国プロテスタントの最大宗派で、洗礼の儀式を行う際、

信徒の全身を水に沈める。そこから転じて、ユーザーの全意識領域を仮想環境の内部と完全に同期させた高性能アバターを、アメリカ人はBAPアバターと呼んでいる。

ユアンはプラティバの提案をじっくりと吟味した。彼がなかなか返事をしないので、しびれを切らしたロドリゲスが答をせかす。

「どうなんだ、ユアン博士。それで炎上は食い止められるのか？」

「おそらく無理でしょう」

「どこがいけないんですか？」

プラティバが気色ばむ。ユアンはゆっくりと息を吐いてから、

「中国とロシアの脳神経学者たちは、No Chinaman の秘密を突き止めるために、ありとあらゆる角度から徹底的に私の頭の中を調べ上げたんだ。だがどれほど手を尽くしても、私の脳内現象と『特異点』の間には、何の関係も見いだされなかった。意識レベルの観察でも同じ結論が出たから、いわゆる心脳問題やクオリア仮説の出る幕はない。だとすれば、私の意識と同期したBAPアバターをテキスト環境内に送り込んでも、No Chinaman としてふるまえる可能性は低いだろう」

「でも、それは十年以上前のテストでしょう。脳神経データのシンクロ技術は、この十年で飛躍的に精度を上げているし、量子ネットワークで構成された仮想環境内では、自由意思の裁量範囲が著しく拡張されています。ですから、現在のアバターの水準なら――」

ユアンはもう一度大きく首を横に振ると、教え子に接するような口調で、

「こちら側の意識と同期しているだけでは、だめなのだ。No Chinaman は複素数次元に拡張されたノックス場において、虚数 $i$（マイナス1の平方根）の身体を与えられている。しかしBAPアバターでは、どれだけ脳／意識データのシンクロ精度を上げても、実数の範囲にしか手が届かない。私のアバターが虚数の身体を持つことはできないだろう」

「では、いったいどうすればいいの？」

ユアンは目を閉じ、両手を組んでふたたび瞑想に沈んだ。心を落ち着けるために、ベネディクト修道院の図書室にいる自分をイメージする。

――わたしどもはきまって物事を抽象的な面から始めるんですよ。

G・K・チェスタトンの「見えない男」が脳裏をかすめた。Invisible Man は人々の心理的な盲点をくぐり抜け、この世のものとも思えない犯罪を実行するが、その身体は雪の上にはっきりと足跡を残していた。

No Chinaman も同じだ。

十五年前、ユアンは人工的に作り出されたカー・ブラックホールの裸の特異点をくぐり抜け、理論上不可能とされていた双方向タイムトラベルに成功した。No Chinaman として世界の分岐を阻止し、この世界に帰還できたのは、彼の肉体――物理的実在としての身体が、ブラックホールを通過することによって、虚数の値を持ちえたからである。

だとすれば――ふたたびNo Chinamanとなって仮想環境内に身を投じ、『シャム双子の謎』に穿たれた「穴」をふさぐには、生ける「特異点」である彼自身が、もう一度ブラックホールを通過しなければならない。

ユアンは何年も前、ロシアの研究施設をたらい回しにされていた頃、科学アカデミーの宇宙物理学者たちに聞かされた講義を思い出した。その中には、「ブラックホールの情報問題」と呼ばれる興味深い理論も含まれていた。

「汝の前に開いた道が、真実の故郷にたどり着かんことを」

ロナルド・ノックスから受けた祝福の言葉がよみがえる。

真実の故郷。

ブラックホールと事象の地平面。

そして、「読者への挑戦」――

ユアンは静かに目を開き、テーブルを囲む三人の顔をひとりずつ見た。

「私にひとつ考えがあります。ミズ・ヒューマヤン、きみの論文がヒントになった。クイーンの〈国名シリーズ〉では、『読者への挑戦』がブラックホールと等しい状態にある。ということは、挑戦状を入口にして、じかに『チャイナ橙の謎』の仮想環境内に飛び込むことができれば、No Chinamanは虚数の身体を手に入れられるはずだ」

「――挑戦状を入口に？」プラティバの顔がこわばった。「でも、それは机上の空論にすぎないのでは。アバターを介さずに、生身の人間がじかに仮想環境内に飛び込むなんて、そんな方法はまだ開発されていない」

「だったら、これから開発すればいいんだ」

ユアンは厳かに微笑むと、ロドリゲスにあごをしゃくって、

「お願いがあります。ゴルプレックス社の緊急オペレーションとして、テキサス州にある超伝導超大型加速器、〈プロメテウスII〉の使用許可を得られませんか？」

9

〈プロメテウスII〉は、テキサス州ワクサハチーの地下に建造された超巨大円形粒子加速器だ。全周八十マイルに及ぶ広大な施設で、世界最大のスケールを誇っている。

二十世紀末に持ち上がった最初のプロメテウス・プロジェクトは、資金調達の失敗や技術的な困難に見舞われ、いったん頓挫《とんざ》した。掘りかけのトンネルも四十年以上放置されていたが、二〇四〇年代にプロジェクトが復活、二〇五八年、当初の予定を超える規模でようやく完成に至る。五年間の試験期間を経て、本格的に稼働を始めてから十年――〈プロメテウスII〉のビーム出力を超える加速器は、未だに地球上に出現していない。

ゴルプレックス本社でのミーティングから、一週間後。

ケヴィン・ロドリゲスは合衆国政府に働きかけ、ユアンが提案した炎上阻止オペレー

ションの実行許可を得ていた。異例のハイペースで準備が進められ、高エネルギー粒子のピンポイント衝突による超小型ブラックホールの生成実験を明日に控えている。

ユアンはプラティバと二人で、〈プロメテウスⅡ〉の心臓部を見学した。CAVEと呼ばれる立方体の地下空間で、その偉容からユアンはモスクワの救世主ハリストス大聖堂を訪れた時のことを思い出した。ここがCAVE（洞窟《どうくつ》）と呼ばれているのは、プラトンのイデア論に由来するらしい。床も含めたすべての壁面が、グリッド状に配置されたホロメーター（超高精度重力波検出器）のセンサーで埋めつくされていた。

「十五年ぶりのブラックホール再訪か」ユアンはすっかり回顧モードになっていた。「といっても、シュヴァルツシルト型に挑戦するのは初めてだが。前回くぐり抜けたのは、事象の地平面を持たないカー・ブラックホールだったのでね。不安があるとすればその点だけだが、私はNo Chinamanだから、今度もうまくやれるだろう」

プラティバにも聞こえていたはずだが、返事はなかった。

十五年前とちがって、今度のユアンの旅に帰り道がないのを知っているからだ。

ユアンの考えとは、彼自身にNo Chinaman変換を施すことだった。

現行のBAPアバター方式では、仮想環境内で虚数の身体を持つことはできない。そうなるためには、物理的実在としてのユアン・チンルウがブラックホールに身を投じ、時間と空間があべこべに入れ替わった状態にさらされる必要がある。

だが、実在のユアンがブラックホール内で虚数の身体を手に入れても、そのままではどうにもならない。No Chinaman 変換によって虚構の人格《イマジナリー・パーソン》となった状態を厳密に数値化し、ゴルプレックスのネットワークで構成された仮想環境内にデータとして入力しない限り、テキストの炎上を食い止めることはできないからだ。

彼の前には二重のゲートが存在するといってもいい。実在のブラックホールと、仮想ブラックホール――「読者への挑戦」――の二つである。

前者を通過するのが実在のユアンで、後者から『チャイナ橙の謎』の作品世界に侵入するのが、データに変換された仮想ユアン＝No Chinaman だ。さらに彼は『チャイナ橙の謎』の挑戦状から仮想バイパスを経由して、隔離された『シャム双子の謎』へ移動した後、疑似ホーキング放射の発生源である「穴」を埋め、「読者への挑戦」の蒸発を阻止する。こうした一連のプロセスを経て、テキストの炎を消し止めるのだ。

では、いかなる手段によって虚構の人格《イマジナリー・パーソン》となった状態を数値化するのか？

ユアンの見いだした解決法は、テキストの炎上を招いた疑似ホーキング放射、「読者への挑戦」の蒸発という現象を逆手に取ることだった。そのカギを握るのが、「ブラックホールの情報問題」にほかならない。

この問題を提唱したのは、ブラックホールの蒸発理論を編み出したスティーヴン・ホーキング博士。彼は次のような思考実験を行った――超人的な情報収集能力と計算力を持つ「ラプラスの悪魔」が存在するとしたら、『華氏451度』の焚書官が一冊の書物を燃やしてしまったとしても、焼却時の炎から放射された物質や本の灰を完璧《かんぺき》に記録し、その状態から物理法則を逆算することによって、本の内容を再現できる。あらゆる自然科学の基礎には「因果律」があり、情報（エントロピー）保存の法則が働くからだ。

では、焚書官が同じ書物をブラックホールに投げ込んだらどうなるか？　ブラックホールの総質量は本一冊分だけ増えるが、いずれホーキング放射によって増えた分は失われ、元の質量に戻ってしまう。別の本を投げ込んでも、本の質量が同じならホーキング放射の内容は変わらない。熱放射のスペクトルは、質量のみに左右されるからである。

だとすると、ブラックホールに投げ込まれた本の情報は、完全に失われてしまったことになる。たとえ「ラプラスの悪魔」でも、ホーキング放射を分析するだけでは投げ込まれた本の内容を再現し、区別することはできない。これは明らかに情報（エントロピー）保存の法則に反している……。

ホーキングの投じた爆弾は、量子力学と一般相対性理論（重力理論）を統一することのむずかしさを象徴していた。物理学の世界は真っ二つに割れ、長い論争が続けられたが、やがて両理論の統合を目指す超弦理論の陣営から、驚くべき解答が提示される。

解決の糸口となったのは、ある奇妙な計算結果だった。ブラックホールの内部に蓄えられた情報量（エントロピー）は、ブラックホールの体積（三次元）ではなく、その表面積（二次元）に比例していることが判明したのである。

ブラックホールの表面積とは、特異点を取り囲む事象の地平面が持ちうる情報量にほかならない。言い換えれば、ブラックホールに投げ込まれた書物の内容は、ホーキング放射で熱となって消えてしまうのではなく、事象の地平面に固有の情報として書き込まれていることになる。

この驚くべき事実から、ブラックホールの中で起こっていることは、すべてその表面が「知っている」という説が生まれた。事象の地平面をシャボン玉の膜のようなスクリーンに見立て、そこに映し出された二次元情報だけで、内部で起こっていることを完全に説明できるという考え方である。オランダの物理学者ヘーラルト・トホーフトや、スタンフォード大学のレオナルド・サスキンドはこの考え方を一般化し、二次元のホログラムから立体映像が生じることにちなんで、「重力のホログラフィック原理」と名づけた。この理論によれば、ブラックホールが蒸発しても情報は失われず、「因果律」も壊れない。

「ブラックホールの情報問題」には、よく知られた後日談がある。

一九九七年、ホーキングと対立する物理学者ジョン・プレスキルは、ブラックホールの蒸発によって内部の情報が失われるかどうか賭《か》けを行い、敗者が勝者に百科事典を与える約束をした。七年後の二〇〇四年、ホーキングは「重力のホログラフィック原理」に誤りがないことを認め、約束通り、プレスキルに『野球大百科事典』を贈ったという。

ユアンはこのホログラフィック原理を、No Chinaman 変換に応用した。

生ける「特異点」であるユアンが、事象の地平面を持つシュヴァルツシルト・ブラックホールに身を投じると、虚数の身体を備えたNo Chinamanに強制変換される。この状態変化は事象の地平面にホログラム投影されるので、そこから情報ビットを取り出せば虚構の人格《イマジナリー・パーソン》のデータ化が可能になる。

〈プロメテウスII〉の高エネルギー粒子衝突によって、CAVE内に発生するのは、極小サイズの超小型ブラックホールだ。通常の場合、極小サイズのブラックホールは一瞬にして蒸発してしまうけれど、事象の地平面の近傍に生ける「特異点」のユアンがいれば、粒子の対生成が阻害されるため、蒸発に要する時間も引き延ばされる。

限りなく小さなサイズでも、計算上ユアンを呑み込んでしまうことは十分可能だと予想されていた。ホログラフィック原理により、ブラックホール内でユアンの肉体に生じる状態変化は、事象の地平面に二次元の情報ビットとしてすべて書き込まれる。事象の地平面自体は人間の目には見えないが、CAVEの壁面にびっしりと配置されたホロメーターのグリッドは、重力波の微細なゆらぎを増幅して検出し、情報ビットの遷移をマッピングできるように設計されていた。プランク単位の精度に迫る無数のセンサー群が、極小サイズのスクリーンに投影されたNo Chinamanの固有情報を瞬時に読み取り、ブラックホールが蒸発する前に、全データを記録するだろう。十数年前の中国やロシアの技術水準では、実現不可能とされていた実験である。

そうやって得られたデータには、実在のユアン・チンルウではなく、虚数の身体を持つNo Chinamanの物語統御アルゴリズムが埋め込まれている。洞窟の壁に映った「影」は、囚人の目を欺くまやかしではない。プラトンのイデア論は誤りで、「影」こそが本質なのだ。このデータを壊さないように処理して、量子化された『チャイナ橙の謎』のテキストに入力してやれば、No Chinamanを仮想環境内に送り込むことができる。

それがユアン・チンルウに与えられたミッションだった。

「ごめんなさい、ユアン」

プラティバが長い沈黙を破った。

「あなたをこんなことに巻き込んだのを後悔しています。いいえ、今からでも遅くない。あなたがノーとさえ言えば、このミッションは――」

「何も怖れることはないんだ、ミズ・ヒューマヤン」

ユアンは彼女を、というより自分を励ますような気持ちで、

「これは私のミッションだ。その言葉が、キリスト教の布教活動を意味することは言うまでもない。ゴルプレックスが手配してくれたおかげで、私は晴れて司祭の叙階を受けることができた。今や立派なウェルキン神父、中国から来たカトリックの伝道師だ」

ユアンは胸を張り、真新しい司祭服に自己イメージを重ね合わせた。

二日前、サンフランシスコの聖マリア被昇天大聖堂で、修道司祭の叙階を受けたばか

りだった。命がけのミッションに旅立つ前に、司祭の資格を得たい――ユアンの希望を受けて、ゴルプレックスの幹部が地元の教区司教に話を通し、異例のスケジュールで叙階式が執り行われたのである。

「司祭の資格を得ることが、あなたの夢だったのですか？」

「必ずしもそういうわけではないんだが……」ユアンは口ごもり、どうすれば自分の真意がプラティバに伝わるか、懸命に考えた。「この十五年間、私はずっと、一九二九年のオックスフォードでロナルド・ノックスから受けた祝福の言葉の意味を考え続けてきた。彼は別れ際に言ったのだ、『汝の前に開いた道が、真実の故郷にたどり着かんことを』と。だが、私にとって真実の故郷とはどこなのか？　ローマ・カトリックの信徒となり、ニュー・ノーシアの修道院でチェスタトンの著作を書き写している間も、常にその問いが頭を離れることはなかった」

「百四十年前に書かれた探偵小説の世界が、あなたの真実の故郷だと？」

「きっとそうなのだろう」ユアンは微笑んだ。「私の歩んできた不毛な人生の中で、本当に意味があるのはそれだけだったと思う。だが、今こうしてきみと話している瞬間にも、私の愛した探偵小説の世界が燃えつきようとしている。その炎を消すことができるのは、この私しかいない。だとしたら、どうしてためらう必要がある？　明日になれば、私はノックス神父との約束を果たせるだろう。ここまで来るのは長い長い道のりだったが、No Chinaman はやっと真実の故郷へたどり着くことができるのだ」

「ユアン」

　プラティバが彼の手に触れた。ユアンはその温もりを感じながら、

「それだけではない。私は自分の責任も感じているのだ。今回の災厄をもたらしたそもその原因は、十五年前に私が書いたノックス場の論文にある。直接の火種になったのは、きみとタム・クアン・ドックの共同論文だが、きみたちに火を与えたのはこの私にほかならない。だとすれば、ギリシャ神話のプロメテウスのように磔《はりつけ》にされ、半永久的な拷問を受けることになっても、文句は言えないだろう」

　ユアンが軽口をたたくと、プラティバはむりやり笑顔をこしらえて、

「哲学的ですね。プロメテウスという名は、『先に考える者』『先見の明を持つ者』から来ているそうですが。この加速器も〈プロメテウスⅡ〉と呼ばれているし」

「うん。それでひとつ思い出したことがある」

　ユアンは両手を後ろに回し、視線を斜めに持ち上げて、

「エラリー・クイーンの『九尾の猫』に、プロメテウスの出てくる場面があるだろう。物語の中盤、無差別連続殺人への恐怖からパニックに陥ったニューヨーク市民が〈猫暴動〉を起こす。暴動が鎮まった後、夜明けのロックフェラー広場でまどろんでいる探偵に、プロメテウスの黄金像が語りかける場面だ」

　わしはたいへん年老いたので、どこからやってきたかも思い出せない。ただ、そこ

は女がいなかったということだが――これはわしにはどうも信じられない。わしは人間に火の贈物をする必要があると思ったことだけは覚えている。わしは実際にそれをやった。わしは文明の創始者じゃ。だから、今度の不愉快な事件についても一言する資格があると思う。

「ええ、わたしも覚えています」

「よかった」とユアンは言った。「もうずいぶん昔のことだが、その場面を読んだ時、不思議な印象を受けたのを覚えている。エラリーが見た夢と解すればいいのかもしれないが、ただそれだけでは片付けられない、奇妙なフィードバック感覚にとらわれたのだ」

「フィードバック感覚というと？」

「まるで自分の声のエコーを聞いたような気がしたんだよ」

「おやまあ！　どうしてそんなふうに」

「当時はわからなかった。だが今から振り返ると、思い当たることがある。おそらく私はプロメテウスの語りの中に、No Chinaman の声を聞きつけていたにちがいない」

プラティバは理解のおぼつかない表情を見せた。

「No Chinaman の声？　どういう意味ですか」

ユアンはかぶりを振り、やるせないため息を洩らして、

「うまく説明できないし、その感じは私にしかわかるまい。だが、私がいま言ったことを覚えておいてくれないか。いずれきみにも、その意味がわかる日が来るはずだ」

「わかりました。けっして忘れないと約束します」

「では、そろそろここを出よう」ユアンは唐突に話を切り上げた。「私にはあまり時間がない。まだ細かい打ち合わせが残っているし、日課の祈りもある。それがすんだら明日の大仕事に備えて、ゆっくり休息を取らなければ」

二人は〈プロメテウスII〉のエレベーターで地上に上がった。施設の建物から外に出ると、テキサスの乾いた風が頬をかすめる。秋の訪れはまだ先のようだ。雲ひとつない空を仰ぎながら、プラティバが言った。

「天気予報では、明日もいい天気になるそうですよ」

「ならば、私が奇跡を起こすしかないだろう」ユアンは控えめにそうつぶやいた。

## 10

ユアン・チンルウがこの世界から「蒸発」してから、三か月後。

プラティバ・ヒューマヤンはゴルプレックス社の電子図書事業部で、以前と同じ原典管理業務を続けていた。すでにテキストの炎上は鎮火して、灰になった探偵小説のデータもそのほとんどが復旧している。

九月に起こったトラブルへの対応を評価され、CIOのケヴィン・ロドリゲスから今より給与の高い、クリエイティヴな部門に移らないかと打診されたが、プラティバはその申し出を丁重にことわった。一連の出来事を通じて、原典管理オペレーターという仕事にいっそう誇りを持つようになっていたからだ。

プラティバは残りの人生を、この仕事に捧《ささ》げるつもりだった。

ナレンドラ・ヒューマヤンの娘として。

人と機械が綴《つづ》る物語の守護天使として。

そして――ユアン・チンルウのただひとりの弟子として。

それはクリスマスが目前に迫ったある日の午後に届いた。

プラティバはデンバーの原典管理センターで、復元されたデータの自己同一性を保つため、自動校訂プログラムを走らせて「焼け焦げ」の痕《あと》を調べていた――プログラムが警告音を発したのは、火元になったエラリー・クイーンの作品群のチェック中。

問題のテキストを呼び出し、タイトルを見て彼女は息を呑んだ。

――『九尾の猫』！

旅立つ前日、ユアンが思い出を語っていた本だ。一九四九年、東西の冷戦時代に発表されたミッシング・リンク・テーマの長編である。手当たりしだいに殺人を犯し、ニューヨーク全市を震撼《しんかん》させる連続絞殺魔〈猫〉を追うクイーン父子の物語だった。

すぐに異常が発生した箇所を特定し、モニタの管理画面に映し出す。7章。〈猫暴動〉と呼ばれる市民パニックが起こった後、無力感に打ちひしがれたエラリーが、ギリシャ神話の巨人プロメテウスに英知を授けられる場面。

プロメテウスは一段低くなった、じめじめした中庭の隅から話しかけた。エラリーは彼といっしょにいることに多少の安らぎを感じた。金色の巨人の顔に、どこかで見覚えがあったせいかもしれない。もう何年も前、ある出版業者のオフィスの待合室で殺された、名前のない男の顔に似ているような気がしたのだった。

プラティバは長い間、じっとモニタに見入っていた。ハイライト表示された二つのセンテンスは、明らかにクイーンの原典には存在しないものだ。

名前のない男——一九三四年の『チャイナ橙の謎』と一九四九年の『九尾の猫』の間には、ちょうど十五年の歳月が横たわっている。ユアンとの約束を思い出し、プラティバはその二つのセンテンスが、No Chinamanによって書き加えられたことを確信した。ユアンはミッションをやりとげ、真実の故郷にたどり着いたのだ！

モニタの画面がぼやけ、頰を涙が伝い落ちた。

プラティバは涙を拭《ぬぐ》い、父親の形見である古いEパピルスにユアンからのメッセージをコピーした。それを保存すると、原典管理オペレーターの業務マニュアルに従って、量子化された『九尾の猫』のテキストに書き加えられた二つのセンテンスを削除するよう、自動校訂プログラムに命じた。

# あとがき

本書には、「本格」SF（本格ミステリを主題にしたSFの意）の中短編を四編収めました。どれも荒唐無稽《こうとうむけい》なアイデアをふくらませた話で、いわゆるSFミステリではありません。自分としては、わりと古風な奇想SFを書いたつもりです。

ただ、荒唐無稽なSFといっても、「どこまで風呂敷《ふろしき》を広げられるか」よりも、「広げた風呂敷をどうやって畳むか」の方に思考が向かいがちなのは、ミステリ作家の性《さが》でしょう。ジャンルの越境とかハイブリッドとか、そんな大げさなものではないと思いますが、そこらへんの機微も含めて、愉《たの》しんでいただければ幸いです。

以下、収録した作品について、若干のコメントを記しておきます。

●「ノックス・マシン」（「野性時代」二〇〇八年五月号）

「野性時代」の〈春のミステリ短篇《たんぺん》競作〉特集に書いたもの。「全然ミステリじゃないんだけど、ボツにならないだろうか」と、気が気でなかったのを覚えています。

ロナルド・ノックス「探偵小説十戒」からの引用は、鮎川哲也編『硝子《ガラス》の家』（光文社文庫）に収録された前田絢子氏の訳文と、ハワード・ヘイクラフト編『ミステリの美学』（仁賀克雄編・訳、成甲書房）に収録された松井百合子氏の訳文を併用しました。ノックスの経歴については、主にウィキペディアと森英俊氏の文章を、また量子力学に関する説明は、グレッグ・イーガンの著作等を参考にしています。

この短編を発表した後、戸川安宣氏からイヴリン・ウォーによるロナルド・ノックスの評伝の原書を譲っていただき、ノックスが若い頃からタイプライターを愛用していたことを知りました。戸川氏への感謝とともに、これに基づいてエピローグの一部を書きあらためたことを付記しておきます。

●「引き立て役倶楽部の陰謀」（「野性時代」二〇〇九年十月号）
フィクションの作中人物に抹殺されかかった作家が、フィクションを通じて復讐《ふくしゅう》を果たす話。クリストファー・プリーストみたいなメタフィクションを書くつもりだったのですが、少し理に落ちすぎてしまったかもしれません。

名探偵の助手たちが集うクラブという設定は、『有栖川有栖の本格ミステリ・ライブラリー』（角川文庫）に収録された、W・ハイデンフェルト「〈引立て役倶楽部《クラブ》〉の不快な事件」（高見浩訳）を踏襲しています。クリスティに関しては、『アガサ・クリスティー自伝（上・下）』（乾信一郎訳、クリスティー文庫）、ジョン・カラン『アガサ・クリスティーの秘密ノート（上・下）』（山本やよい・羽田詩津子訳、クリスティー文庫）、ジャレッド・ケイド『キャサリン・タイナン　『アガサ　愛の失踪《しっそう》事件』（夏樹静子訳、文春文庫）等を参照しました。

6章の記述は『乱視読者の帰還』(みすず書房)に収録された、若島正氏のクリスティ論「明るい館の秘密」の精細な分析を下敷きにしたもの。8章のドロシー・L・セイヤーズの序文からの引用は、『ピーター卿《きょう》の事件簿II 顔のない男』(宮脇孝雄訳、創元推理文庫)に収録された「探偵小説論」によるものですが、引用に際して訳註《やくちゅう》を省略し、文中の『アクロイド殺害事件』を『アクロイド殺し』に変更したことをお断りしておきます。

●「バベルの牢獄《ろうごく》」(『NOVA2』二〇一〇年七月)

書き下ろし日本SFコレクション『NOVA』(河出文庫)シリーズ編者の大森望氏に依頼されて書いた原稿。

落語「あたま山」みたいなホラ話ですが、設定を詰めていくのが大変で、特に鏡文字を使う必然性をひねり出すのにずいぶん知恵を絞りました。最後の一行は、ミシェル・ビュトール『時間割』(清水徹訳、河出文庫)へのオマージュ。旋光性やキラリティ(カイラリティ)に関する説明は、マーティン・ガードナー『新版 自然界における左と右』(坪井忠二・藤井昭彦・小島弘訳、紀伊國屋書店)等の記述を参照しています。

本編の再録を快諾してくださった大森望氏、および河出書房新社の伊藤靖氏のご厚意に感謝いたします。ありがとうございました。

●「論理蒸発――ノックス・マシン2」（「小説 野性時代」二〇一三年一～二月号）
「ノックス・マシン」の続編で、一九九〇年代半ばに書いたクイーン論をアップデート（？）した中編。『シャム双子の謎』の結末や『チャイナ橙《だいだい》の謎』の解決に抵触する部分がありますが、未読の読者の興を削がないよう、できるだけ明示を避けたつもりです。「ブラックホールの蒸発と情報問題」をめぐる議論については、大栗博司『重力とは何か』（幻冬舎新書）、大須賀健『ゼロからわかるブラックホール』（ブルーバックス）、レオナルド・サスキンド『ブラックホール戦争』（林田陽子訳、日経BP社）等の記述を参照し、作者（法月）の理解の及ぶ限りで要約に努めました。

G・K・チェスタトン「見えない男」からの引用は、中村保男訳『ブラウン神父の童心』（創元推理文庫）に、レイ・ブラッドベリ『華氏451度』は宇野利泰訳（ハヤカワ文庫SF）によるものです。エラリー・クイーン『シャム双子の謎』『チャイナ橙の謎』からの引用は井上勇訳（創元推理文庫）に、また『九尾の猫』は大庭忠男訳（ハヤカワ・ミステリ文庫）に依拠していますが、『九尾の猫』に関しては訳文の「エラリイ」表記を「エラリー」に変更しました。

本編の改稿作業中、戸川安宣氏のブログ「パン屋のないベイカーストリートにて」の記事（二〇一二年十二月三十日）で、大庭忠男氏の訃《ふ》報《ほう》を知りました。大庭氏の訳業に多大な恩恵を受けている読者のひとりとして、故人のご冥《めい》福《ふく》をお祈りいたします。

なお本書では、フリー百科事典『ウィキペディア（Wikipedia）』をはじめとして、数多くのインターネット情報を利用しています。その範囲があまりにも多岐に亘《わた》るため、個別の言及は割愛せざるをえませんでしたが、この場を借りて、参照したすべてのテキストの著者に感謝の意を表したいと思います。
引用の誤り、その他の責任は、すべて作者（法月）に属するものです。

法月綸太郎

二〇一三年二月

# 解説

杉《すぎ》江《え》松《まつ》恋《こい》

「百四十年前に書かれた探偵小説の世界が、あなたの真実の故郷だと？」
プラティバ・ヒューマヤン（「論理蒸発――ノックス・マシン２」）

これは特異点についての作品集である。

ご存じのとおりミステリー、ことに謎解きを主眼とする作品は、倒立した状態で叙述が行われるのが常だ。現実と同様に過去から未来へ向かって時間が流れるのではなく、ある一点で時間を静止させ（そこで事件が起きたのだ）、遡《さかのぼ》って原因を探していく形で物語りが行われる。原因があって結果があるのではなく、結果から原因を推測する形式の小説なのだ。

そうした倒立があるためミステリーの叙述においては、情報を操作することから生じる歪《ゆが》みが常に存在する。歪みがもっとも象徴的に現われた箇所をミステリーの特異点と呼んでおくが、法月綸太郎《のりづきりんたろう》はそれを主題として扱うことを思いついた。小説内の要素を主題とした小説だから、必然的に作品は「小説についての小説」になる。法月の着想が優れていたのは、そうした自己言及的構造をＳＦという技法で処理しようと考えた点であった。かくして二つの素晴らしい作品が出来上がる。ミステリー創作〈ルール〉の特殊性をタイムトラベル実験と結びつけた「ノックス・マシン」、そして古典的なミステリー（ほぼ〈探偵小説〉と同義）にのみ現われる〈読者への挑戦〉を導入することによって前作を上回る知的遊戯性を獲得した「論理蒸発――ノックス・マシン2」だ。

この二つの作品の中で法月が作り上げた理論は蜃気楼《しんきろう》のように実体がないが実に見事な意匠が凝らされており、魅力的である。その着想のエレガンスさは「虚構の人格《イマジナリー・パーソン》 No Chinaman」という概念に結晶しているように思われる。どちらの作品でも、ある異常事態が起き、解決のために事象の特異点を見つけ出す必要が生じる。謎を解く鍵《かぎ》がその〈虚構の人格〉なのである。

本書は二〇一三年三月二十六日に単行本化され（各作品の初出は「あとがき」参照のこと）、「このミステリーがすごい！」「ミステリが読みたい！」一位、「週刊文春ミステリーベスト10」三位、「本格ミステリ・ベスト10」四位と、その年のミステリーランキングでいずれも上位に選ばれた。ミステリーやSF（あるいはその両方）の知識がそれほどない読者からも支持される作品となったのは、本書内で提示される理論の奇妙さが多くの人を魅了したからだろう。みんな、法月に心地よく騙《だま》されたのだ。

理論がよく出来ているだけではなく、一本の芯《しん》が通っている。法月は作中において、このジャンルに備わっている構造的な弱点をいささか自虐的な笑いを交えて指摘して見せている。それは作家であると同時に評論家としての顔も持つ作者だからこそなしうる業で、収録作の各篇を物語の技法で書かれた批評として読むこともできる。

作品の切り口としてロナルド・A・ノックスという作家を選んだ点も慧眼《けいがん》だった。ノックス（一八八八〜一九五七）の本職は聖職者だが、余技としてミステリー創作も手がけた。代表作とされる『陸橋殺人事件』（一九二五年。創元推理文庫）は、ミステリーの「お約束」が展開の中で覆されるという批判精神に満ちた内容で、パロディとしても秀作である。他の作品にはそこまでの尖鋭《せんえい》性はないが、『閘門《こうもん》の足跡』（一九二八年。新樹社）などの作品では、探偵（と読者）に呈示された手がかりが実は捏造《ねつぞう》されたものかもしれないという可能性を描き、謎解きにおいて探偵は常に犯人の後手に回るしかなく、推理に用いる材料さえも確固としたものではない、というミステリーの弱点を実作で指摘して見せた。アントニー・バークリーなどと並ぶ、評論家的気質の作家なのであり、ミステリーの「穴」についての小説に登場させるには実に的確な人選だろう。

収録作のうちもっとも自虐的な笑いが濃いのは「引き立て役倶楽部の陰謀」であり、こちらはアガサ・クリスティーの功罪を問う内容になっている。ミステリーの古典的な様式美に引導を渡したのはかの女性作家である、という指摘は興味深く、読んだ人はクリスティー作品をたまらなく手に取りたくなるはずだ（論じられた本を読みたくさせるのは優秀な評論の証《あかし》である）。これを掲載誌で初めて読んだとき私は、ああ、法月綸太郎という人はミステリーが好きなんだな、と大いに納得させられたことを記憶している。

本書にはもう一つ、作家の手で書かれた小説、印刷物として流通する本に対する愛着を綴ったという側面がある。ウンベルト・エーコがジャン＝クロード・カリエールと共に書いたエッセイの題名を引いて喩《たと》えるならば「もうすぐ絶滅するという紙の書物について」の論考なのであり、作者の書物愛がそこかしこに覗《のぞ》いている。本書は単行本刊行時に一旦《いったん》電子書籍化されたが、そのときに収録されたのは「ノックス・マシン」二作のみであった。文庫化に際し、今回初めて「引き立て役倶楽部の陰謀」が電子化されるが、もう一篇の収録作である「バベルの牢獄」だけは見送られることになった。電子化が困難なある技法が用いられているためなのだが、法月の書物愛がそうした形で反映されている、とだけこの解説では書いておこう。まさにそうした内容の奇想小説なのである。

他の三篇に勝るとも劣らない「特異点」の作品でもある。

『ノックス・マシン』の愉快な要素としてもう一つ、先に挙げたような批評的な視点から全体が構成されているだけではなく、用いられている要素のひとつひとつが、それ自体がパロディとして成立するように精選されている点も指摘しておきたい。そうした傾向がもっとも濃厚なのが「引き立て役倶楽部の陰謀」だ。

たとえばこの中で「フレンチ夫人」について「奥ゆかしい女性で、倶楽部の集まりにはほとんど顔を出していません」と言及されるくだりがある。フレンチ夫人はフリーマン・ウィルス・クロフツの創造した名探偵ジョージフ・フレンチ警部の妻である。昔のミステリーガイドなどには、警察官である夫を彼女が陰ながら支えている、というような記述のあるものもあったが、実際に小説を読むと夫人の出番がある作品は意外に少ないことがわかる。そうした実態を「奥ゆかしい女性」以下の文章で表現しているわけである。また、同作には「(ネロ・)ウルフ探偵がシャーロック・ホームズの私生児だという噂がまことしやかにささやかれていた」という記述がある。ここも知っている人はにやりとさせられる箇所で、元ネタはエラリー・クイーン『クイーン談話室』(国書刊行会)に収録されている「偉大なるOE理論」だろう。この中にシャーロック・ホームズ(Sherlock Holmes)とネロ・ウルフ(Nero Wolfe)の名には同じ母音oとeが、まったく同じ順番で使われているという発見が記されている(そして、クイーンはもう一人の偉大な探偵作家との類似を発見する。詳しくは同書をご覧ください)。それを「私生児」と表現したわけだ。

こうした「遊び」を大真面目にするのがファンにとってはたまらない悦《よろこ》びの一つであり、クイーンがネタにしているネロ・ウルフものの作者レックス・スタウトにしてもワトソンが女性であったことを証明するという珍妙な論文を書いている(エドガー・W・スミス編『シャーロック・ホウムズ読《よ》本』所収。研究社)。法月はミステリー・マニアとして、この佳き伝統を忠実に守っているわけである。かように本書には多数の「遊び」が仕込まれているのだが、残念ながらすべてについて絵解きしている余裕がない。お話の筋を追うだけでももちろんおもしろい本だが、読書の際はそうした細部についても立ち止まって眺めてみてもらいたい。驚くほどの発見があり、さらに興趣が深まることをお約束します。

本書は、二〇一三年三月に小社より刊行された
単行本を文庫化したものです。

# ノックス・マシン

法月綸太郎《のりづきりんたろう》

平成27年 11月25日　初版発行

発行者●郡司 聡

発行●株式会社KADOKAWA
〒102-8177　東京都千代田区富士見2-13-3
電話 03-3238-8521（カスタマーサポート）
http://www.kadokawa.co.jp/

角川文庫 19452

印刷所●旭印刷株式会社　製本所●株式会社ビルディング・ブックセンター

表紙画●和田三造


ISBN978-4-04-103360-9　C0193

# 角川文庫発刊に際して

角川源義

第二次世界大戦の敗北は、軍事力の敗北であった以上に、私たちの若い文化力の敗退であった。私たちの文化が戦争に対して如何に無力であり、単なるあだ花に過ぎなかったかを、私たちは身を以て体験し痛感した。西洋近代文化の摂取にとって、明治以後八十年の歳月は決して短かすぎたとは言えない。にもかかわらず、近代文化の伝統を確立し、自由な批判と柔軟な良識に富む文化層として自らを形成することに私たちは失敗して来た。そしてこれは、各層への文化の普及滲透を任務とする出版人の責任でもあった。

一九四五年以来、私たちは再び振出しに戻り、第一歩から踏み出すことを余儀なくされた。これは大きな不幸ではあるが、反面、これまでの混沌・未熟・歪曲の中にあった我が国の文化に秩序と確たる基礎を齎らすためには絶好の機会でもある。角川書店は、このような祖国の文化的危機にあたり、微力をも顧みず再建の礎石たるべき抱負と決意とをもって出発したが、ここに創立以来の念願を果すべく角川文庫を発刊する。これまで刊行されたあらゆる全集叢書文庫類の長所と短所とを検討し、古今東西の不朽の典籍を、良心的編集のもとに、廉価に、そして書架にふさわしい美本として、多くのひとびとに提供しようとする。しかし私たちは徒らに百科全書的な知識のジレッタントを作ることを目的とせず、あくまで祖国の文化に秩序と再建への道を示し、この文庫を角川書店の栄ある事業として、今後永久に継続発展せしめ、学芸と教養との殿堂として大成せんことを期したい。多くの読書子の愛情ある忠言と支持とによって、この希望と抱負とを完遂せしめられんことを願う。

一九四九年五月三日